Es muß nicht immer Gans sein ... Daß die Freude am Weihnachtsbraten nicht immer ungetrübt und man bei der Zubereitung auch vor der einen oder anderen Überraschung nicht gefeit ist, davon kann so mancher ein Lied singen.

Heitere Geschichten von Vicki Baum, Giuseppe Gironda, Christine Nöstlinger und vielen anderen erzählen von gelungenen und weniger gelungenen kulinarischen Genüssen zum Weihnachtsfest, von entflohenen Gänsen, geretteten Karpfen und explodierenden Schokoladenfondues.

insel taschenbuch 4064

Weihnachten ohne Gans

WEIHNACHTEN *ohne* GANS

Ausgewählt von Peter Wenzel

INSEL VERLAG

insel taschenbuch 4064
Erste Auflage 2011
Originalausgabe

Quellennachweise zu dieser Ausgabe am Schluß des Bandes
Vertrieb durch den Suhrkamp Taschenbuch Verlag
Umschlag: bürosüd, München
Satz: Hümmer GmbH, Waldbüttelbrunn
Druck: CPI – Ebner & Spiegel, Ulm
Printed in Germany
ISBN 978-3-458-35764-3

1 2 3 4 5 6 – 16 15 14 13 12 11

INHALT

Predigt des ehrwürdigen Pfarrers Junghans aus dem Jahre 1644

Weil es die Gänse in der lieben Weihnachtszeit gar übel haben, wollen wir unsere Weihnachtsgans betrachten: erstens im Leben, zweitens im Tode.

Wir werden sehen, was wir an ihr christlich lernen können, was Gott uns an derselben zu studieren gegeben hat. Was also das Leben der Gans anlangt, so haben wir zu lernen:

Erstens ihre Tugenden. Unter diesen steht die Geselligkeit an erster Stelle. Gänse halten nicht allein zusammen und lieben also die Gesellschaft, sondern sie halten sich auch gern zu den Menschen. Das soll uns zu Gemüte führen, daß wir uns auch zu unseresgleichen und zu Besseren, denn wir selbst sind, halten sollen. Die Gänse gesellen sich aber nicht zu Adler, Geier, Habicht und dergleichen Raubvögeln; also sollen wir uns zu frommen Herzen gesellen, nicht aber zu gottloser Gesellschaft uns halten. Denn es heißt: Bei den Frommen bist du fromm, bei den Reinen bist du rein, aber bei den Verkehrten bist du verkehrt.

An zweiter Stelle steht unter den Tugenden der Gans: die Reinlichkeit. Eine Gans ist gern an reinen Orten und badet sich oft im Wasser. Darum befleißigt euch der Reinlichkeit und trachtet danach, daß ihr sowohl am Leibe als auch am Gemüt rein seid. Vor allem wisset aber, ihr Frauen und Mädchen, daß euer vornehmster Schmuck und euer zierlichstes Kleid Scham und Zucht ist, aber nicht Gold und Perlen oder köstliches Gewand oder silberne und goldene Zöpfe, die heutigen Tages bei den Modedamen so beliebt sind.

An dritter Stelle steht unter den Tugenden der Gans nun die Wachsamkeit. Weil die Gänse so sehr hitzig sind, so schlafen sie wenig und wachen schnell beim kleinsten Geräusche auf.

Solches soll uns eine feine Aufmunterung sein zur Wachsamkeit, einem jeden in seinem Amte, Stande und Beruf. Im geistlichen Stande soll keiner des großen Gottes Worte vergessen: »Du Menschenkind, ich habe dich zum Wächter gesetzt«, da soll keiner ein stummer Hund sein, sondern getrost rufen und seine Kirchenkinder aus dem Sündenschlaf aufrütteln. Im weltlichen Regierungsstand aber soll jeder für seine Untertanen wachen und sie vor aller Gefahr behüten.

An vierter Stelle steht unter den Tugenden der Gans: die Schamhaftigkeit. Manchem, der sich Christ nennt, sollte es die Schamröte ins Gesicht jagen, daß er in dieser Tugend von einem Vogel übertroffen wird; denn was für unverschämte Worte, ja Taten werden oft im Beisein kleiner Kinder, vor züchtigen Ohren und Augen geredet und vorgenommen? Will doch Scheu und Scham fast verlöschen.

An fünfter Stelle endlich steht unter den Tugenden der Gans: eine natürliche Verschlagenheit, welche sonderlich an den wilden Gänsen wahrzunehmen ist und die sich in vorsichtigem Stillschweigen bei Gefahr offenbart. Wollte Gott, mancher Mensch wäre so klug, daß er sich ein Schloß an seinen Mund legte und ein fest Siegel auf seinen Mund drückte. Die natürliche Verschlagenheit der Gans aber zeigt sich auch in kluger Mäßigung und Enthaltung von Speisen, die der Gänsenatur zuwider sind. Die hitzigen Lorbeerblätter rühren die Gänse zum Beispiel nicht an, und sollten sie Hungers sterben. Sie sind also auch in dieser Hinsicht klüger als manche Menschen, die maßlos viel Essen und Trinken in sich hineinschütten.

Nachdem wir also die Tugenden der Gans kennengelernt haben, wollen wir uns sodann ihre Laster vergegenwärtigen.

Dazu gehört zunächst die Schwatzhaftigkeit; denn des Schnatterns und Datterns ist ziemlich viel bei den Gänsen. Wir sagen daher wohl auch von einem Schwatzmaul: du schnatternde

Gans. Solch Laster aber steht dem Menschen übel; nur Narren haben allen Vorrat im Munde.

Als zweites Laster der Gans sei das viele Trinken genannt. So närrisch sind die Gänse, daß sie, wenn sie andere trinken sehen, sofort mittrinken, wenngleich sie auch gar keinen Durst haben. Dies Laster haben nun in heutiger Zeit viele von den Gänsen gelernt, also, daß sie einander zu Gefallen saufen, auch wenn sie nicht dürstet ... Die Trunkenheit aber macht einen Narren noch toller, so daß er trotzt und ochst, bis er wohl gebläut, geschlagen und verwundet wird.

Als drittes Gänselaster haben wir uns die Gefräßigkeit zu vergegenwärtigen; denn wegen des vielen Fressens werden die Leiber der Gänse derart beschwert, daß sie sich nicht mehr wie andere Vögel von der Erde erheben können. Also sind auch die Fresser, Völler und Dummen, sie füllen sich derart mit irdischen Dingen an, daß sie ihr Gemüt niemals zum Himmel schwingen können. Seht, so haben wir an einer Gans, solange sie lebt, zu lernen; doch nun lasset uns sie auch noch nach ihrem Tode betrachten.

Wie wir wissen, geben die Gänse von Martini ab einen guten Braten. Verständige Köchinnen wissen ihm einen lieblichen Geschmack zu geben und füllen ihn mit guten Äpfeln und Beifuß.

Ferner liefert uns die tote Gans die Federn für unsere Betten. Was aber gibt es Besseres als ein gutes weiches Federbett, wenn man abends müdegearbeitet und abgeeselt ist? Sanfte Ruh gönnt uns Gott, und darum hat er uns auch die Nacht zum Schlafen gemacht.

Sodann gewinnt man von der toten Gans gar mancherlei Arzneien. Die mitternächtigen Völker mischen, wie Claus Magnus in lib. 39, cap. 6 schreibt, Gänsefett mit Butter und benutzen dies Gemisch zum Blutstillen oder zur Heilung von Geschwüren und Ausschlag. Gegen das Schwären der Ohren wenden sie es an. Tun sie noch Honig zu ihrem Gemisch, so sollen sie damit den Biß eines wütigen Hundes heilen. Die Schreibfedern, die so manchen zu hohen Ehren gebracht haben, verdanken wir ebenfalls der toten Gans. Marcus Tullius, Cicero und Terentius Varro waren nur von unbedeutendem Geschlecht, und doch sind sie durch ihre Schreibfedern Bürgermeister von Rom geworden. Martini Lutheri Schreibfeder reichte von Wittenberg bis Rom, und auch sie war von einer Gans genommen. Eine Gänsefeder kann viel zustande bringen; darum heißt es auch im Rätselreim von ihr: »Weil ich leb', so schweige ich; bin ich tot, so kann ich nicht. Wenn man meinen Kopf schneid' ab, zugespitzt den Hals mir hat, da fang ich zu schreien an, daß alle Welt mich hören kann. Ohne mich kann kein König regieren, zu hoher Ehr tu manch' Armen ich führen.«

Weil ihr nunmehr die Gans gründlich im Leben und im Tode habt kennengelernt, so befleißigt euch, daraus den nötigen Nutzen zu ziehen. Dann wird die duftende, braungebratene Weihnachtsgans euch noch einmal so gut munden und bekommen.

FRIEDRICH WOLF

Die Weihnachtsgans Auguste

Der Opernsänger Luitpold Löwenhaupt hatte bereits im November vorsorglich eine fünf Kilo schwere Gans gekauft – eine Weihnachtsgans. Dieser respektable Vogel sollte den Festtisch verschönen. Gewiß, es waren schwere Zeiten. »Aber etwas muß man doch fürs Herze tun!«

Bei diesem Satz, den Löwenhaupt mit seiner tiefen Baßstimme mehrmals vor sich hin sprach, so daß es wie ein Donnerrollen sich anhörte, mit diesem Satze meinte der Sänger im Grunde etwas anderes. Während er mit seinen kräftigen Händen die Gans an sich drückte, verspürte er sogleich den Geruch von Rotkraut und Äpfeln in der Nase.

Und immer wieder murmelte sein schwerer Baß den Satz durch den nebligen Novembertag: »Aber etwas muß man doch fürs Herze tun!«

Ein Hausvater, der eigenmächtig etwas für den Haushalt eingekauft hat, verliert, sobald er seiner Wohnung sich nähert, mehr und mehr den Mut. Er ist zu Haus schutzlos den Vorwürfen und dem Hohn seiner Hausgenossen preisgegeben, da er bestimmt unrichtig und zu teuer eingekauft hat. Doch in diesem Falle erntete Vater Löwenhaupt überraschend hohes Lob. Mutter Löwenhaupt fand die Gans fett, gewichtig und preiswert. Das Hausmädchen Theres lobte das schöne weiße Gefieder; sie stellte jedoch die Frage, wo das Tier bis Weihnachten sich aufhalten solle?

Die zwölfjährige Elli, die zehnjährige Gerda und das kleine Peterle – Löwenhaupts Kinder – sahen aber hier überhaupt kein Problem, da es ja doch das Bad und das Kinderzimmer gäbe und das Gänschen unbedingt Wasser brauche, sich zu reinigen. Die Eltern entschieden jedoch, daß die neue Hausgenossin im allgemeinen in der Kiste in dem kleinen warmen Kartoffelkeller ihr Quartier beziehen solle und daß die Kinder sie bei Tag eine Stunde lang draußen im Garten hüten dürften.

So war das Glück allgemein.

Anfangs befolgten die Kinder genau diese Anordnung der Eltern. Eines Abends aber begann das siebenjährige Peterle in seinem Bettchen zu klagen, daß »Gustie« – man hatte die Gans aus einem nicht erfindbaren Grunde Auguste genannt – bestimmt unten im Keller friere. Seine Schwester Elli, der man im Schlafzimmer die Aufsicht über die beiden jüngeren Geschwister übertragen hatte, suchte das Brüderchen zu beruhigen, daß Auguste ja ein dickes Daunengefieder habe, das sie aufplustern könne wie eine Decke.

»Warum plustert sie es auf?« fragte Peterle.

»Ich sagte doch, daß es dann wie eine Decke ist.«

»Warum braucht Gustje denn eine Decke?«

»Mein Gott, weil sie dann nicht friert, du Dummerjan.«

»Also ist es doch kalt im Keller!« sagte jetzt Gerda.

»Es ist kalt im Keller!« echote Peterle und begann gleich zu heulen. »Gustje friert! Ich will nicht, daß Gustje friert. Ich hole Gustje herauf zu mir!«

Damit war er schon aus dem Bett und tapste zur Tür. Die große Schwester fing ihn ab und suchte ihn wieder ins Bett zu tragen. Aber die jüngere Gerda kam Peterle zu Hilfe. Peterle heulte: »Ich will zu Gustje!« Elli schimpfte. Gerda entriß ihr den kleinen Bruder.

Mitten in dem Tumult erschien die Mutter. Peterle wurde im Elternzimmer in das Bett der Mutter gelegt und den Schwestern sofortige Ruhe anbefohlen.

Diese Nacht ging ohne weiteren Zwischenfall vorüber.

Doch am übernächsten Tag hatten sich Gerda und Peter, der wieder im Kinderzimmer schlief, verständigt. Abwechselnd blieb immer einer der beiden wach und weckte den anderen. Als nun die älteste Schwester Elli schlief und im Haus alles stille war, schlichen die zwei auf den nackten Zehenspitzen in den Keller und holten die Gans Auguste aus ihrer Kiste, in der sie auf Lappen und Sägespänen lag, und trugen sie leise hinauf in ihr Zimmer. Bisher war Auguste recht verschlafen gewesen und hatte bloß etwas geschnattert wie: »Lat mi in Ruh, lat mi in Ruh!«

Aber plötzlich fing sie laut an zu schreien: »Ick will in min Truh, ick will in min Truh!« Schon gingen überall die Türen auf.

Die Mutter kam hervorgestürzt, Theres, das Hausmädchen, rannte von ihrer Kammer her die Stiegen hinunter. Auch die zwölfjährige Elli war aufgewacht, aus ihrem Bett gesprungen und schaute durch den Türspalt. Die kleine Gerda aber hatte in ihrem Schreck die Gans losgelassen, und jetzt flatterte und schnatterte Auguste im Treppenhaus umher. (Ein Glück, daß der Vater noch nicht zu Hause war!) Bei der nun einsetzenden Jagd durch das Treppenhaus und die Korridore verlor Auguste, bis man sie eingefangen hatte, eine Anzahl Federn. Die atemlose Theres schlug sie in eine Decke, woraus sie ununterbrochen schimpfte:

»Lat mi in Ruh, lat mi in Ruh,
Ick will in min Truh!«

Und da begann auch noch das Peterle zu heulen: »Ich will Gustje haben! Gustje soll bei mir schlafen!«

Die Mutter, die ihn ins Bett legte, suchte ihm zu erklären, daß die Gans jetzt wieder in die Kiste in den Keller müsse.

»Warum muß sie denn in den Keller?« fragte Peterle.

»Weil eine Gans nicht im Bett schlafen kann.«

»Warum kann den Gustje nicht im Bett schlafen?«

»Im Bett schlafen nur Menschen; und jetzt sei still und mach die Augen zu!« Die Mutter war schon an der Tür, da heulte

Peterle wieder los: »Warum schlafen nur Menschen im Bett? Gustje friert unten; Gustje soll oben schlafen.« Als die Mutter sah, wie aufgeregt Peterle war und daß man ihn nicht beruhigen konnte, erlaubte sie, daß man die Kiste aus dem Keller heraufholte und neben Peterles Bett stellte. Und siehe da, während Auguste droben in der Kiste noch vor sich hin schnatterte:

»Lat man gut sin, lat man gut sin,
Hauptsache, dat ick in min Truh bin!«

schliefen auch das Peterle und seine Geschwister ein.

Natürlich konnte man Auguste nicht wieder in den Keller bringen, zumal die Nächte immer kälter wurden, weil es schon mächtig auf Weihnachten ging. Auch benahm sich die Gans außerordentlich manierlich. Bei Tag ging sie mit Peterle spazieren und hielt sich getreulich an seiner Seite wie ein guter Kamerad, wobei sie ihren Kopf stolz hoch trug und ihren kleinen Freund mit ihrem Geschlapper aufs beste unterhielt. Sie erzählte dem Peterle, wie man die verschiedenen schmackhaften oder bitteren Gräser und Kräuter unterscheiden könne, wie ihre Geschwister – die Wildgänse – im Herbst nach Süden in wärmere Länder zögen und wie umgekehrt die Schneegänse sich am wohlsten in Eisgegenden fühlten. Soviel konnte Auguste dem Peterle erzählen; und auf all sein »Warum« und »Weshalb« antwortete sie gern und geduldig. Auch die anderen Kinder gewöhnten sich immer mehr an Auguste. Peterle aber liebte seine Gustje so, daß beide schier unzertrennlich wurden. So kam es, daß eines Abends, als Peterle vom Bett aus noch ein paar Fragen an Gustje richtete, diese zu ihrem Freund einfach ins Bett schlüpfte, um sich leiser und ungestörter mit ihm unterhalten zu können. Elli und Gerda gönnten dem kleinen Bruder die Freude.

Am frühen Morgen aber, als die Kinder noch schliefen, hopste Auguste wieder in ihre Kiste am Boden, steckte ihren Kopf unter die weißen Flügel und tat, als sei nichts geschehen. Doch das Weihnachtsfest rückte näher und näher. Eines Mittags meinte der Sänger Löwenhaupt plötzlich zu seiner Frau, daß es nun mit Auguste »soweit wäre«. Mutter Löwenhaupt machte ihrem Mann erschrocken ein Zeichen, in Gegenwart der Kinder zu schweigen.

Nach Tisch, als der Sänger Luitpold Löwenhaupt mit seiner Frau allein war, fragte er sie, was das seltsame Gebaren zu bedeuten habe. Und nun erzählte Mutter Löwenhaupt, wie sehr sich die Kinder – vor allem Peterle – an Auguste, die Gans, gewöhnt hätten und daß es ganz unmöglich sei ...

»Was ist unmöglich?« fragte Vater Löwenhaupt. Die Mutter schwieg und sah ihn nur an. »Ach so!« grollte Vater Löwenhaupt. »Ihr glaubt, ich habe die Gans als Spielzeug für die Kinder gekauft? Ein nettes Spielzeug! Und ich? Was wird aus mir?«

»Aber Luitpold, verstehe doch!« suchte die Mutter ihn zu beschwichtigen.

»Natürlich, ich verstehe ja schon!« zürnte der Vater. »Ich muß wie stets hintenanstehn!« Und als habe diese furchtbare Feststellung seine sämtlichen Energien entfesselt, donnerte er jetzt los: »Die Gans kommt auf den Weihnachtstisch mit Rotkraut und gedünsteten Äpfeln! Dazu wurde sie gekauft! Und basta!« Eine Tür knallte zu.

Die Mutter wußte, daß in diesem Stadium mit einem Mann, und noch dazu mit einem Opernsänger, nichts anzufangen war. Sie setzte sich in ihr Zimmer über ihre Näharbeit und vergoß ein paar Tränen.

Dann beriet sie mit ihrer Hausgehilfin Theres, was zu tun sei, da bis Weihnachten nur noch eine Woche war. Sollte man eine andere, schon gerupfte und ausgenommene Gans kaufen? Doch dazu reichte das Haushaltungsgeld nicht. Aber was würde man, wenn die Gans Auguste nicht mehr da wäre, den Kindern sagen? Durfte man sie überhaupt belügen? Und wer im Haus würde es fertigbringen, Auguste ins Jenseits zu senden?

»Soll der Herr es selbst tun!« schlug Theres vor.

Die Mutter fand diesen Rat nicht schlecht, zumal ihr Mann zu der Gans nur geringe persönliche Beziehungen hatte.

Als nun der Sänger Löwenhaupt abends aus der Oper heimkam, wo er eine Heldenpartie gesungen hatte, und die Mutter ihm jenen Vorschlag machte, erwiderte er: »O, ihr Weibervolk! Wo ist der Vogel?«

Theres sollte die Gans herunterholen. Natürlich wachte Auguste auf und schrie aus Leibeskräften:

»Ick will min Ruh, min Ruh,
Lat mi in min Truh!«

Peterle und die Schwestern erwachten, es gab einen Höllenspektakel. Die Mutter weinte, Theres ließ die Gans flattern; diese segelte hinunter in den Hausflur. Vater Löwenhaupt, der jetzt zeigen wollte, was ein echter Mann und Hausherr ist, rannte hinter Auguste her, trieb sie in eine Ecke, griff mutig zu und holte aus der Küche einen Gegenstand; während Mutter die Kinder oben im Schlafzimmer hielt, ging der Vater mit der Gans in die entfernteste, dunkelste Gartenecke, um sein Werk zu vollbringen. Die Gans Auguste aber schrie Zeter und Mordio, indessen die Mutter und Theres lauschten, wann sie endgültig verstummen werde. Aber Auguste verstummte nicht, sondern schimpfte auch im Garten immerzu. Schließlich trat doch Stille ein. Der Mutter liefen die Tränen über die Wangen, und auch Peterle jammerte: »Wo ist meine Gustje? Wo ist Gustje?«

Jetzt knarrte drunten die Haustür. Die Mutter eilte hinunter. Vater Löwenhaupt stand mit schweißbedecktem Gesicht und wirrem Haar da ... doch ohne Auguste.

»Wo ist sie?« fragte die Mutter.

Draußen im Garten hörte man jetzt wieder ein schnatterndes Schimpfen:

»Ick will min Ruh!
Lat mi in min Truh!«

»Ich habe es nicht vermocht. Oh, dieser Schwanengesang!« erklärte Vater Löwenhaupt.

Man brachte also die unbeschädigte Auguste wieder hinauf zum Peterle, das ganz glücklich seine »Gustje« zu sich nahm und, sie streichelnd, einschlief.

Inzwischen brütete Vater Löwenhaupt, wie er dennoch seinen Willen durchsetzen könnte, wenn auch auf möglichst schmerzlose Art. Er dachte nach, während er sich in bläulichgraue Wolken dichten Zigarrenrauchs hüllte. Plötzlich kam ihm die Erleuchtung. Am nächsten Tage mischte er der Gans Auguste in ihren Kartoffelbrei zehn aufgelöste Tabletten Veronal, eine Dosis, die ausreicht, einen erwachsenen Menschen in einen tödlichen Schlaf zu versetzen. Damit mußte sich auch die Mutter einverstanden erklären.

Tatsächlich begann am folgenden Nachmittag die Gans Auguste nach ihrer Mahlzeit seltsam herumzutorkeln, wie eine Traumtänzerin von einem Bein auf das andere zu treten, mit den Flügeln dazu zu fächeln und schließlich nach einigen langsamen Kreiselbewegungen sich mitten auf den Küchenboden hinzulegen und zu schlafen.

Vergebens versuchten die Kinder sie zu wecken. Auguste bewegte etwas die Flügel und rührte sich nicht mehr.

»Was ist Gustje?« fragte das Peterle.

»Sie hält ihren Winterschlaf«, erklärte ihm der Vater Löwenhaupt und wollte sich aus dem Staube machen. Aber Peterle hielt den Vater fest. »Weshalb hält Gustje jetzt den Winterschlaf?«

»Sie muß sich ausruhen für den Frühling.« Doch Vater Löwenhaupt war es nicht wohl bei dem Examen. Er konnte seinem Söhnchen Peterle nicht in die Augen sehen. Auch die Mutter und das Hausmädchen Theres gingen den Kindern soviel wie möglich aus dem Wege.

Peterle trug seine bewegungslose Freundin Gustje zu sich hinauf in die kleine Kiste. Als die Kinder nun schliefen, holte Theres die Gans hinunter und begann sie, da Vater Löwenhaupt versicherte, die zehn Tabletten würden einen Schwergewichtsboxer unweigerlich ins Jenseits befördert haben – Theres begann, wobei ihr die Tränen über die Wangen rollten, die Gans zu rupfen, um sie dann in die Speisekammer zu legen. Als Vater Löwenhaupt seiner Frau »Gute Nacht« sagte, stellte sie sich schlafend und antwortete nicht. Bei Nacht wachte er auf, weil er neben sich ein leises Schluchzen vernahm.

Auch Theres schlief nicht; sie überlegte, was man den Kindern sagen werde. Zudem wußte sie nicht, hatte sie im Traum Auguste schnattern gehört:

»Lat mi in Ruh, lat mi in Ruh!
Ick will in mi Truh!«

So kam der Morgen. Theres war als erste in der Küche. Draußen fiel in dichten Flocken der Schnee. Was war das? Träumte sie noch? Aus der Speisekammer drang ein deutliches Geschnatter. Unmöglich! Wie Theres die Tür zur Kammer öffnete, tapste ihr schnatternd und schimpfend die gerupfte Auguste entgegen. Theres stieß einen Schrei aus; ihr zitterten die Knie. Auguste aber schimpfte:

»Ick frier, als ob ick kein Federn mehr hätt,
Man trag mich gleich wieder in Peterles Bett!«

Jetzt waren auch die Mutter und Vater Löwenhaupt erschienen. Der Vater bedeckte mit seinen Händen die Augen, als stünde da ein Gespenst.

Die Mutter aber sagte zu ihm: »Was nun?«

»Einen Kognak, einen starken Kaffee!« stöhnte der Vater und sank auf einen Stuhl.

»Jetzt werde ich die Sache in die Hand nehmen«, erklärte die Mutter energisch. Sie ordnete an, daß Theres den Wäschekorb bringe und eine Wolldecke. Dann umhüllte sie die nackte frierende Gans mit der Decke, legte sie in den Korb und tat noch zwei Krüge mit heißem Wasser an beide Seiten.

Vater Löwenhaupt, der inzwischen zwei Kognak hinuntergekippt hatte, erhob sich leise vom Stuhl, um aus der Küche zu verschwinden. Doch die Mutter hielt ihn fest; sie befahl: »Gehe sofort in die Breite Straße und kaufe fünfhundert Gramm gute weiße Wolle!«

»Wieso Wolle?«

»Geh und frage nicht!«

Vater Löwenhaupt war noch so erschüttert, daß er nicht widersprach, seinen Hut und Überzieher nahm und eiligst das Haus verließ.

Schon nach einer Stunde saßen Mutter und Theres im Wohnzimmer und begannen, für Auguste aus weißer Wolle einen Pullover zu stricken. Am Nachmittag nach Schulschluß halfen ihnen die Töchter Elli und Gerda. Peterle aber durfte seine Gustje auf dem Schoß halten und ihr immer den neuen entstehenden Pullover, in dem für die Flügel, den Hals, die Beine und den kleinen Sterz Öffnungen bleiben mußten, anprobieren helfen. Bereits am Abend war das Kunstwerk beendet.

Schnatternd und schimpfend, aber doch nicht mehr frierend, stolzierte nun Auguste in ihrem wunderschönen weißen Wollkleid durchs Zimmer. Peterle sprang um sie herum und freute sich, daß Gustjes Winterschlaf so schnell zu Ende war, daß er wieder mit ihr spielen und sich unterhalten konnte.

Auguste aber schimpfte:

»Winterschlaf ist schnacke-schnick;
hätt ick mein Federn bloß zurück!«

Als Vater Löwenhaupt zum Essen kam und Auguste in ihrem schicken Pullover mit Rollkragen um den langen Hals dahertappen sah, meinte er: »Sie ist schöner als je! So ein Exemplar gibt es auf der ganzen Welt nicht mehr!«

Die Mutter aber erwiderte hierauf nichts, sondern sah ihn bloß an.

Natürlich mußte man für Auguste noch einen zweiten Pullover stricken, diesmal einen graublauen, zum Wechseln, wenn der weiße gewaschen wurde. Natürlich nahm Auguste als wesentliches Mitglied der Familie groß an dem Weihnachtsfeste teil. Natürlich war Auguste auch das am meisten bewunderte Lebewesen des ganzen Stadtteils, wenn Peterle mit der Gans in ihrem schmucken Sweater spazierenging.

Und als der Frühling kam, war Auguste bereits wieder ein warmer Federflaum gewachsen. So konnte man den Pullover mit den anderen Wintersachen einmotten. Gustje aber durfte jetzt sogar beim Mittagstisch auf dem Schoß vom Peterle sitzen, wo sie ihr kleiner Freund mit Kartoffelstückchen fütterte.

Sie war der Liebling der ganzen Familie. Und Vater Löwenhaupt bemerkte immer wieder stolz: »Na, wer hat euch denn Auguste mitgebracht! Wer?«

Die Mutter sah ihn dann lächelnd an. Peterle jedoch echote: »Ja, wer hat Gustje uns mitgebracht«; und dabei sprang er gerührt auf und umarmte den Vater; dann hob er seine Gustje empor und ließ sie dem Vater »einen Kuß geben«, was bedeutete, daß Auguste dem Vater Löwenhaupt schnatternd mit ihrem Schnabel an der Nase zwickte.

Spätabends aber im Bett fragte Peterle seine Gustje, indem er sie fest an sich drückte: »Warum hast du denn vor Weihnachten den Winterschlaf gehalten?«

Und Gustje antwortete schläfrig: »Weil man mir die Federn rupfen wollte.«

»Und warum wollte man dir die Federn rupfen?«

»Weil man mir dann einen Pullover stricken konnte«, gähnte Gustje, halb im Schlaf.

»Und warum wollte man dir einen Pullover ...«

Und da geht es auch bei Peterle nicht mehr weiter. Mit seiner Gustje im Arm ist er glücklich eingeschlafen.

SABINE LUDWIG
Gans in Not

»Was haltet ihr davon, wenn wir in diesem Jahr mal keine Gans braten, sondern ...«

Ein Aufschrei aus drei Kehlen ertönt.

»Weihnachten ohne Gans, das ist doch kein Weihnachten«, sagt Lukas, und Papa meint: »Wenn ich nur an die leckere Füllung denke ...«

»Ich will aber den Bürzel!«, quakt Lilli dazwischen.

»Bist selber ein Bürzel«, feixt Lukas und zwickt Lilli in den Po.

»Wenn wir schon bei Weihnachten sind«, sagt Papa, »meine Mutter lässt fragen, ob sie und Tante Charlotte nicht zur Abwechslung mal am Heiligabend kommen können.«

»Aber das geht doch nicht, da sind doch schon meine Eltern da«, sagt Mama.

»Na, die laden wir dann am ersten Feiertag ein. Meine Mutter möchte auch mal bei der Bescherung dabei sein, solange Lilli noch klein ist ...«

»Ich bin überhaupt nicht klein!«, kreischt Lilli.

»Und wann gibt's dann die Gans?«, fragt Lukas. »Opa Klaus will doch immer nur Heringssalat.«

»Die Gans müsste es dann eben Heiligabend geben«, sagt Papa.

»Nie und nimmer!« Mama springt auf. »Ich stell mich doch nicht hin und schmücke den Baum, verpacke die Geschenke und brate so ganz nebenbei noch eine Gans!«

»Bitte beruhige dich doch!«, ruft Papa. Aber Mama lässt sich nicht beruhigen. »Es reicht!«, sagt sie. »Es reicht mir schon lange, dass ihr's nur wisst. Ich möchte einmal Weihnachten feiern, wie ich es will, ganz in Ruhe. Nur wir vier.«

»Aber meine Mutter und Tante Charlotte wären sicher sehr beleidigt, und deine Eltern bestimmt auch, wenn wir sie nicht einladen«, sagt Papa.

»Wir fahren weg«, sagt Mama. »Wir sind einfach nicht da.«

»Super Idee«, sagt Lukas. »Eine Hütte in den Bergen und jede Menge Schnee. Ich wollte schon immer einen Skikurs machen.«

»Ich will reiten!«, ruft Lilli dazwischen. »Ich will im Schnee reiten und das Pferd soll silberne Glöckchen an der Mähne haben.«

Papa sieht nicht sehr glücklich aus. »Ich weiß nicht, ob wir uns das leisten können.«

»Lass das nur meine Sorge sein«, sagt Mama.

»Weihnachten an der Nordsee«, brummt Lukas. »Hier ist doch absolut nichts los.«

»Eben«, sagt Mama.

»Aber es gibt Pferde!«, sagt Lilli und zeigt durchs Autofenster auf zwei zottige Ponys, die traurig im Nieselregen stehen.

»Es ist alles noch so grün«, staunt Papa.

»Genau! Überhaupt nicht weihnachtlich«, sagt Lukas.

»Nun, wartet's doch erst mal ab«, sagt Mama. »Gleich sind wir da.«

»Also ich finde es wunderschön hier!«, sagt Mama am Abend und blickt sich in dem kleinen Wohnzimmer um. Im Ofen prasselt ein Holzfeuer, auf dem Tisch steht eine Schale mit Plätzchen und in einem Tonkrug stecken Tannenzweige. Lukas hält einen Zweig ins Feuer. Es knistert und knackt und duftet.

»Ein Häuschen ganz für uns allein, das haben wir uns doch immer gewünscht«, schwärmt Mama weiter.

»Schon, aber doch nicht hier, wo alles nur grau ist«, mault Lukas.

»Und grün«, fügt Papa hinzu.

»Wann kaufen wir den Weihnachtsbaum?«, fragt Lilli.

»Es wird dieses Jahr keinen Weihnachtsbaum geben, Mäuschen«, sagt Mama. »Denk doch mal, was wir alles hätten mitnehmen müssen, den Schmuck, die Lichterketten ...«

Sie kann nicht weitersprechen, denn Lilli brüllt wie am Spieß.

Papa gießt Tee ein. »Und wo braten wir die Gans?«, fragt er. »In der Küche sind nur zwei Kochplatten.«

»Es gibt im Nachbarort ein Restaurant, das ist berühmt für seinen Gänsebraten mit Rotkohl und Klößen.«

»Ih, Rotkohl!«, ruft Lukas.

»Ih, Klöße!«, brüllt Lilli.

Am Nachmittag des 24. Dezembers steht eine winzig kleine Tanne im Topf auf dem Tisch. Lilli drückt gerade den letzten Stern aus Alufolie in die Zweige. Papa schneidet Zwiebeln für den Heringssalat. Mama raschelt mit Geschenkpapier. Aus dem Radio plärren Weihnachtslieder.

»Nicht mal fernsehen kann man hier«, nörgelt Lukas.

»Geht doch noch ein Weilchen vor die Tür«, sagt Mama. »In einer Stunde ist es so weit.«

Brummelnd zieht sich Lukas den Anorak an und hilft Lilli in die Gummistiefel. Ausnahmsweise nieselt es mal nicht. Die beiden steigen den Deich hoch und an der anderen Seite wieder runter. Natürlich ist wieder Ebbe. Am Horizont vermischt sich das dunklere Grau des Watts mit dem helleren des Himmels. Möwen krächzen.

Lukas' Gummistiefel bleibt im Schlick stecken, er stolpert und fällt der Länge nach in den Dreck.

»Das ist wirklich das blödeste Weihnachten, das ich je erlebt habe«, schimpft Lukas und rappelt sich wieder auf. »Ich hoffe nur, dass die Geschenke nicht auch so blöd sind.«

»Ich hab mir ein Barbie-Pferd gewünscht«, sagt Lilli und reicht Lukas beim Weiterlaufen ihre klebrige Hand. »Das ist ganz rosa und hat eine hellblaue Mähne, da sind Glitzerschleifen drin und man kann sie kämmen und Locken reinmachen und ...«

Lukas bleibt stehen. »Guck mal, Lilli, da vorn, was ist das?«

»Ein Vogel«, sagt Lilli und plappert ungerührt weiter. »Aber der Sattel von dem Pferd, der ist echt Gold ...«

»Sei doch mal still«, sagt Lukas und senkt die Stimme. »Wieso fliegt der nicht weg?«

»Vielleicht ist er müde.«

»Der ist ja riesig«, sagt Lukas, als sie näher kommen.

»Beißt der?«, fragt Lilli ängstlich.

»Keine Ahnung, bei kranken Tieren weiß man nie.«

Der Vogel öffnet den roten Schnabel zu einem rauen Quaken und versucht mit den Flügeln zu schlagen.

»Vielleicht gebrochen«, sagt Lukas. »Nein, nicht gebrochen. Da klebt was Schwarzes an den Flügeln, Teer oder Öl.«

»Ich hab Angst«, sagt Lilli und hält Lukas' Hand ganz fest. »Ich will nach Hause.«

»Wir können ihn doch nicht hier lassen«, sagt Lukas. »Der stirbt, wenn er nicht fliegen kann.«

»Wir nehmen ihn mit zu Mama und Papa«, schlägt Lilli vor.

»Die können ihm bestimmt auch nicht helfen.« Lukas zeigt mit dem gestreckten Arm geradeaus. »Da vorn ist der Hafen, da liegen immer Fischkutter. Vielleicht kennen sich Fischer aus mit so was?«

Lukas versucht den Vogel hochzuheben, aber das ist gar nicht so einfach. Er ist nicht nur schwer, sondern zappelt und faucht. Schließlich hält Lukas ihn fest unterm Arm.

Ein einziger Fischkutter liegt in dem kleinen Hafenbecken. In der Kajüte brennt Licht.

»Hallo!«, ruft Lukas. »Hallo, ist da jemand?«

An Deck erscheint ein dünner Mann mit einer blauen Pudelmütze auf dem Kopf. Er wirft einen Blick auf Lukas und Lilli, dann ruft er in die Kajüte: »Hey, Hinnerk, der Weihnachtsmann und das Christkind sind da und bringen uns einen fetten Braten!«

Lukas macht einen Schritt zurück.

»Na, na, war man nur 'n Scherz. Lass mal sehen.«

Vorsichtig nimmt der dünne Mann Lukas den Vogel aus dem Arm. »Ein Prachtstück, mindestens fünf Kilo.«

Ein zweiter Mann kommt aus der Kajüte. »Na, Jens, was haben wir denn da Schönes?«

»'ne Brandgans, total verklebt.«

»Braten die die jetzt?«, fragt Lilli.

»Keine Angst, min Deern, das wäre nicht die erste Gans, die wir wieder flottmachen. Wollt ihr zugucken?«

Lukas und Lilli zwängen sich in die enge Kajüte, wärmen sich die Hände an einer Kanne Tee und schauen zu, wie Jens die weißen, braun abgesetzten Flügel der Gans vorsichtig mit Benzin und einem Lappen säubert. »So, jetzt noch etwas warme Seifenlauge und dann könnt ihr sie fliegen lassen.«

Hand in Hand stehen Lukas und Lilli auf dem Deich und beobachten gespannt, wie die Gans erst etwas schwerfällig auf dem Watt entlangwatschelt, bis sie sich schließlich mit kräftigen Flügelschlägen in die Luft erhebt.

Sie sehen ihr nach, bis sie nur noch ein kleiner Punkt am Himmel ist. Es dämmert bereits.

»Komisch«, sagt Lukas. »Irgendwie fühle ich mich auf einmal ganz weihnachtlich.«

»Ich hab Hunger«, sagt Lilli. »Aber nicht auf Gans.«

»Na dann, schauen wir mal, wer als Erster zu Hause ist!«

»Ich krieg Vorsprung«, ruft Lilli und saust los.

MARGRET RETTICH

Die Geschichte vom Weihnachtsbraten

Einmal fand ein Mann am Strand eine Gans. Tags zuvor hatte der Novembersturm getobt. Sicher war sie zu weit hinausgeschwommen, dann abgetrieben und von den Wellen wieder an Land geworfen worden. In der Nähe hatte niemand Gänse. Es war eine richtige weiße Hausgans.

Der Mann steckte sie unter seine Jacke und brachte sie seiner Frau: »Hier ist unser Weihnachtsbraten.«

Beide hatten noch niemals ein Tier gehabt, darum hatten sie auch keinen Stall. Der Mann baute aus Pfosten, Brettern und Dachpappe einen Verschlag an der Hauswand. Die Frau legte Säcke hinein und darauf einen alten Pullover. In die Ecke stellte sie einen Topf mit Wasser.

»Weißt du, was Gänse fressen?« fragte sie.

»Keine Ahnung«, sagte der Mann.

Sie probierten es mit Kartoffeln und mit Brot, aber die Gans rührte nichts an. Sie mochte auch keinen Reis und nicht den Rest vom Sonntagsnapfkuchen.

»Sie hat Heimweh nach anderen Gänsen«, sagte die Frau. Die Gans wehrte sich nicht, als sie in die Küche getragen wurde. Sie saß still unter dem Tisch. Der Mann und die Frau hockten vor ihr, um sie aufzumuntern. »Wir sind eben keine Gänse«, sagte der Mann. Er setzte sich auf seinen Stuhl und suchte im Radio nach Blasmusik.

Die Frau saß neben ihm am Tisch und klapperte mit den Stricknadeln. Es war sehr gemütlich. Plötzlich fraß die Gans Haferflocken und ein wenig vom Napfkuchen.

»Er lebt sich ein, der liebe Weihnachtsbraten«, sagte der Mann.

Bereits am anderen Morgen watschelte die Gans überall herum. Sie steckte den Hals durch offene Türen, knabberte an der

Gardine und machte einen Klecks auf den Fußabstreifer. Es war ein einfaches Haus, in dem der Mann und die Frau wohnten. Es gab keine Wasserleitung, sondern nur eine Pumpe. Als der Mann einen Eimer voll Wasser pumpte, wie er es jeden Morgen tat, ehe er zur Arbeit ging, kam die Gans, kletterte in den Eimer und badete. Das Wasser schwappte über, und der Mann mußte noch einmal pumpen.

Im Garten stand ein kleines Holzhäuschen, das war die Toilette. Als die Frau dorthin ging, lief die Gans hinterher und drängte sich mit hinein. Später ging sie mit der Frau zusammen zum Bäcker und in den Milchladen. Als der Mann am Nachmittag auf seinem Rad von der Arbeit kam, standen die Frau und die Gans an der Gartenpforte.

»Jetzt mag sie auch Kartoffeln«, erzählte die Frau. »Brav«, sagte der Mann und streichelte der Gans über den Kopf, »dann wird sie bis Weihnachten rund und fett.«

Der Verschlag wurde nie benutzt, denn die Gans blieb jede Nacht in der warmen Küche. Sie fraß und fraß. Manchmal setzte die Frau sie auf die Waage, und jedesmal war sie schwerer. Wenn der Mann und die Frau am Abend mit der Gans zusammen saßen, malten sich beide die herrlichsten Weihnachtsessen aus.

»Gänsebraten und Rotkohl, das paßt gut«, meinte die Frau und kraulte die Gans auf ihrem Schoß. Der Mann hätte zwar statt Rotkohl lieber Sauerkraut gehabt, aber die Hauptsache waren für ihn die Klöße.

»Sie müssen so groß sein wie mein Kopf und alle genau gleich«, sagte er. »Und aus rohen Kartoffeln«, ergänzte die Frau. »Nein, aus gekochten«, behauptete der Mann. Dann einigten sie sich auf Klöße halb aus rohen und halb aus gekochten Kartoffeln. Wenn sie ins Bett gingen, lag die Gans am Fußende und wärmte sie.

Mit einem Mal war Weihnachten da. Die Frau schmückte

einen kleinen Baum. Der Mann radelte zum Kaufmann und holte alles, was sie für den großen Festschmaus brauchten. Außerdem brachte er ein Kilo extrafeine Haferflocken.

»Wenn es auch ihre letzten sind«, seufzte er, »soll sie doch wissen, daß Weihnachten ist.« »Was ich sagen wollte«, meinte die Frau, »wie, denkst du, sollten wir ... ich meine ... wir müßten doch nun ...« Aber weiter kam sie nicht. Der Mann sagte eine Weile nichts. Und dann: »Ich kann es nicht.« »Ich auch nicht«, sagte die Frau. »Ja, wenn es eine x-beliebige wäre. Aber nicht diese hier. Nein, ich kann es auf gar keinen Fall.«

Der Mann packte die Gans und klemmte sie in den Gepäckträger. Dann fuhr er auf dem Rad zum Nachbarn. Die Frau kochte inzwischen den Rotkohl und machte die Klöße, einen genausogroß wie den anderen.

Der Nachbar wohnte zwar ziemlich weit weg, aber doch nicht so weit, daß es eine Tagereise hätte werden müssen. Trotzdem kam der Mann erst am Abend wieder. Die Gans saß friedlich hinter ihm. »Ich habe den Nachbarn nicht angetroffen, da sind wir etwas herumgeradelt«, sagte er verlegen.

»Macht gar nichts«, rief die Frau munter, »als du fort warst, habe ich mir überlegt, daß es den feinen Geschmack des Rotkohls und der Klöße nur stört, wenn man noch etwas anderes dazu auftischt.«

Die Frau hatte recht, und sie hatten ein gutes Essen. Die Gans verspeiste zu ihren Füßen die extrafeinen Haferflocken. Später saßen sie alle drei nebeneinander auf dem Sofa in der guten Stube und sahen in das Kerzenlicht.

Übrigens kochte die Frau im nächsten Jahr zu den Klößen zur Abwechslung Sauerkraut. Im Jahr darauf gab es zum Sauerkraut breite Bandnudeln. Das sind so gute Sachen, daß man nichts anderes dazu essen sollte. Inzwischen ist viel Zeit vergangen.

Gänse werden sehr alt.

WOLFGANG BRENNER
Vegetarische Weihnachten

Seit Jahren schon stellte Schmalenbach an Heiligabend gegen Mittag das Telefon leiser. Um 16 Uhr 30 holte er den eingeschweißten Lachs aus dem Kühlschrank, um ihn eine Stunde atmen zu lassen. Beim Heraufziehen der ersten Dämmerung entzündete er dann die elektrischen Kerzen am Weihnachtsbaum und schaute sich bis zur Bescherung rührselige Schwarzweiß-Filme im Fernsehen an.

Schmalenbach freute sich auch jedes Jahr über den teuren Kunstband, den die zu Tränen gerührte Lebensgefährtin Elke ihm schenkte – oder er tat zumindest so. Er genoß es, beim Kerzenschein Käsefondue zu essen, sich langsam mit einem Châteauneuf-du-Pape zu betrinken, den es im Advent immer um eine Mark billiger und im Dreierpack gab, und schließlich der mittlerweile hemmungslos heulenden Elke zu erzählen, daß seine Eltern ihm als Kind selten mehr als eine Apfelsine und ein gebrauchtes Schulbuch des älteren Bruders geschenkt haben, er sich aber dennoch immer unbändig darüber gefreut hatte.

Nun war es vorbei mit dieser Idylle.

Hinter vorgehaltener Hand hatte Pfeifenberger Schmalenbach mitgeteilt, daß er ihn und seine Elke zu einem Weihnachtsessen einladen möchte – im kleinen Kreis, quasi familiär und natürlich im passenden Ambiente. So habe seine Gattin Carola, wie Pfeifenberger nicht ohne Stolz berichtete, auf einem Biobauernhof eine Gans erstanden, die sie an Heiligabend mit Kastanien füllen werde.

Schmalenbach glaubte zu wissen, was Pfeifenberger, der sonst nur auf Feste ging, nie aber selbst eines veranstaltete, zu dieser sensationellen Einladung bewogen hatte: Pfeifenberger plante die Eröffnung einer eigenen Werbeagentur – das erzählte man sich in der Branche schon seit Monaten. Pfeifenberger war gut im Geschäft, er hatte ausgezeichnete Kontakte und galt als kreativer Berserker. Die neue Agentur würde nicht nur eine Goldgrube werden, sie würde auch künstlerisch einen frischen Wind in die Werbewirtschaft bringen.

Deshalb und weil er wußte, daß Pfeifenberger ihn schätzte, hatte Schmalenbach sich im Oktober unter vier Augen bei Pfeifenberger als Textchef empfohlen. Pfeifenberger war zu Schmalenbachs Erstaunen über die informelle Bewerbung nicht im geringsten erstaunt gewesen, hatte sich aber Bedenkzeit erbeten – zwei Monate, und die waren nun vorbei.

Kein Zweifel: Die Einladung bedeutete, daß Pfeifenberger Schmalenbach als Partner akzeptierte.

Es hatte also ein Ende mit den sinnlosen Krächen in der alten Agentur, Schmalenbach würde an Pfeifenbergers Seite berühmt werden – berühmt und reich. Diese gute Nachricht sollte die Weihnachtsüberraschung für seine Liebste werden, deshalb schwieg Schmalenbach, obwohl die Neuigkeit ihm tagelang auf den Nägeln brannte.

»Immerhin mal was anderes«, erklärte Schmalenbach der zögernden Elke. »Nächstes Jahr können wir ja wieder zu Hause bleiben, Châteauneuf-du-Pape trinken und Käsefondue essen. Dann erzähle ich dir auch wieder, wie das früher war, bei uns zu Hause, daß wir zu Weihnachten nicht mehr geschenkt bekamen als …«

»Und was ziehe ich an?« unterbrach ihn die Elke, die – ehrlich gesagt – Schmalenbachs bittere Kindheitserinnerungen nicht mehr hören konnte. »Das schwarze Kleid geht nicht. Meine Freundin sagt, es ist so dünn, man sieht sogar meine Blinddarmnarbe.«

Schmalenbach dachte an Pfeifenbergers Frau Carola, die kürzlich im Hallenbad den Bademeister dazu gedrängt hatte, einen

Rentner aus dem Haus zu weisen, weil dessen Badehose angeblich eine Nummer zu groß war. Er sagte schnell und entschieden wie immer, wenn er ihr zustimmen konnte: »Stimmt, das geht nicht! Pfeifenberger sagte noch: Weihnachten ist ein Fest der Innigkeit, da kommt man am besten in ganz einfachen Klamotten.«

»So wie letzten Februar, als wir in unseren Karnevalskostümen zu dem Geburtstags-Cocktail deines Chefs gingen. Ich habe mich noch nie so geschämt, Schmalenbach.«

Schmalenbach seufzte: »Ich habe gesagt, es tut mir leid. Ich kann doch nichts dafür, daß ich ihn falsch verstanden habe. Meine Hand hätte ich dafür ins Feuer gelegt, daß er gesagt hat: Ich erwarte Kostümierung und keine Abendgarderobe – und nicht umgekehrt, wie alle anderen nachher behaupteten.«

Elke schüttelte den Kopf: »Du als Doc Holliday und ich als Irma La Douce – und alle andere in dezentem Schwarz oder Dunkelblau. In den Boden hätte ich versinken können.«

Schmalenbach gab sich Mühe, zuversichtlich zu klingen: »Diesmal ist es anders. Es ist ein ganz kleiner Kreis, sehr intim und dem Anlaß angemessen, ein Weihnachtsessen eben.«

Elke nickte: »Na gut – aber nur wegen der Gans. Seit meiner frühesten Kindheit habe ich keine gefüllte Weihnachtsgans mehr gegessen. Ach, Schmalenbach, ich denke oft zurück an den Duft der Weihnachtsgans von meiner Tante Erika, du weißt schon, die mit dem Mann, der mal in der Wasserballnationalmannschaft gespielt hat ...«

»Dann zieh doch die neue, enge schwarze Hose und den Seidenpulli an!« unterbrach sie Schmalenbach, der die Geschichte schon kannte und den Onkel, der mal in der Wasserballnationalmannschaft gespielt hatte, noch nie leiden konnte.

Letzten Endes entschied sich Elke dann doch gegen die neue, enge schwarze Hose und den Seidenpulli (so wie sie sich immer gegen Schmalenbachs Vorschläge entscheidet, die sie nur abzufragen scheint, um festzustellen, was sie auf keinen Fall anziehen darf) und für das atemberaubend dünne, schwarze Kleid, unter das sie allerdings die graue Gesundheitsunterwäsche von ihrer Mutter zog – wie sie dem empörten Schmalenbach gegenüber trotzig behauptete: für Heiligabend genau die passende Kombination.

Was Schmalenbach am meisten überraschte: Pfeifenbergers Weihnachtsessen blieb wirklich in einem intimen Rahmen. Der erfolgreiche und bis zum Exhibitionismus gesellige Cartoonist hatte nur ihn und Elke eingeladen – und Rochus Fuchs, den aufstrebenden Volontär aus Schmalenbachs Werbeagentur, samt rothaariger Freundin Helga und Cockerspaniel Grönemeyer. Gastgeber und Gäste trugen Jeans, T-Shirts und bequeme Pullover – außer Elke, die schon auf der Treppe von Helga gefragt wurde, wo sie die wunderbare, kommißgraue Doppelrippunterwäsche herhatte.

Zur Begrüßung umarmte man sich freudig im Flur. Aus dem Eßzimmer drang weihnachtlicher Chorgesang von einer Schallplatte. Der Gastgeber hatte den Plattenspieler vom Dachboden geholt und aus seiner Plattensammlung im Keller noch einen Sampler aus dem Jahr 1967 hervorgestöbert. Das Gekratze kam gut an, und nicht einmal der naseweise Rochus Fuchs, der aus Chemnitz kam und sonst keinen Hehl aus seiner Abscheu gegen Gefühligkeit machte, maulte wegen der Weihnachtsmusik.

Der Tisch war festlich gedeckt. Pfeifenbergers Gattin Carola hatte sogar jedem einen Tannenzweig auf den Teller gelegt. Schmalenbach sagte, er fände das schön – eine einfache und dennoch überzeugende Geste. Er dachte dabei an das schmutzige Geschirr, das Elke schon seit acht Tagen auf der Spüle sammelte, weil die Spülmaschine defekt war. Wenn sie an diesem Heiligabend zu Hause geblieben wären, hätte Schmalenbach selbst spülen müssen, denn Elke liebte es, Konflikte durch bloßes Abwarten auf die Spitze zu treiben.

Pfeifenbergers Gattin Carola hatte in der Küche zu tun. Sie bereitete als Vorspeise eine Grünkernsuppe zu – Resultat eines VHS-Kurses zur Vollwertküche, wie Pfeifenberger stolz vermerkte, während er Helga einen Cognac gegen ihre Migräne einschenkte und dabei den Leberfleck auf dem Bauch von Schmalenbachs Lebensgefährtin nicht aus den Augen ließ, den die Doppelrippunterwäsche durch eine unkontrollierte Bewegung unter dem quasi nicht vorhandenen dünnen, schwarzen Kleid freigegeben hatte.

Schmalenbach bewunderte Pfeifenberger. Der freischaffende Cartoonist hatte zwar kein dreizehntes und erst recht kein vierzehntes Monatsgehalt, aber er wußte zu leben und hatte seine Frau im Griff: Carola besuchte eifrig VHS-Kurse und Vernissagen, war ansonsten aber ganz für Pfeifenberger da. Und auf die waghalsige Idee, ausgerechnet an Heiligabend zu einem Essen einzuladen, konnte auch nur ein freisinniger Geist wie Pfeifenberger kommen, der sich der rückhaltlosen Unterstützung einer Gefährtin sicher war.

Was allerdings Rochus Fuchs und seine attraktive Freundin Helga bei diesem intimen Zusammensein zu suchen hatten, war Schmalenbach unklar. Wahrscheinlich gehörte es zu Pfeifenbergers Selbstinszenierung dazu, daß ein junger Kollege dabei war – das sah so aus, als mache man sich im Hause Pfeifenberger Gedanken um den Nachwuchs, als pflege man auch ganz unmaterielle Marotten, so zum Beispiel das Gespräch mit der Jugend, sei sie auch so selbstgefällig und unbelehrbar wie Rochus Fuchs.

Pfeifenberger stand – kaum hatten alle an der Tafel Platz genommen, kaum hatte der Cockerspaniel Grönemeyer sich unter dem Tisch verkrochen – wieder auf, hob sein Glas Sherry und sagte laut: »So laßt uns denn trinken auf das Gute, das hinter uns liegt, und auf das Gute, das noch kommt ...«

Rochus Fuchs stand sofort kerzengerade, sein Stuhl kippte

nach hinten, und Helga, die sich ebenso wie Schmalenbach und Elke nur zögernd und etwas verdutzt erhob, schüttelte, soviel Tolpatschigkeit mißbilligend, den Kopf. Ihr Gesichtsausdruck zeigte, wem sie die Schuld an ihrer Migräne gab: Rochus Fuchs.

Mit der wirst du keine Karriere machen, Rochus, dachte Schmalenbach schadenfroh, die ist eher ein Hindernis als eine Linderung deiner Wunden. Und er war wieder einmal ein bißchen stolz auf seine in großen Momenten zur – allerdings unaufwendigen – Selbstlosigkeit neigende Elke.

»Bei dieser Gelegenheit möchte ich etwas bekanntgeben!« erklärte Pfeifenberger noch eine Spur lauter.

Schmalenbach stieg die Hitze in den Kopf. Er sah Elke von der Seite an. Sie schien sehr gespannt zu sein – wenn sie gespannt war, gefiel Schmalenbach ihr markantes Profil ganz besonders. Heute abend würde sie stolz auf ihn sein, heute abend würden alle Zweifel der letzten Zeit vergessen sein, heute abend (und sicher auch heute nacht) würde sie ihn seit langer Zeit wieder mal als das nehmen, was er wohl war, obwohl sie das über all ihren kleinlichen Nörgeleien oft vergaß: ein Steher, ein Erfolgsmensch, ein Gewinner.

Pfeifenberger machte eine lange Atempause: »Es betrifft meine – nein, unsere berufliche Zukunft!«

Schmalenbach fühlte sich in solchen Momenten biografischer Größe immer zu Gesten bemüßigt, die sein bescheidenes und unkompliziertes Wesen unterstrichen. »Wollen wir nicht auf Carola warten?« fragte er Pfeifenberger.

Pfeifenberger schaute etwas gequält zur Tür. »Ich glaube, sie hat in der Küche zu tun ...«

Elke stellte ihr Glas ab: »Da muß man doch helfen!«

Pfeifenberger reagierte ungehalten: »Bitte, ich möchte etwas bekanntgeben. Und Carola kommt mit der Gans schon alleine klar!«

Volontär Rochus Fuchs grinste mißgünstig, und Schmalenbach nahm sich vor, ihn gleich nach den Feiertagen mit der Betreuung des kleinsten und gefürchtetsten Kunden der Agentur zu betrauen – mit dem Sanitärbedarfsgroßhandel Schuster & Krachowiak (sozusagen als letzte Amtshandlung, bevor Schmalenbach triumphal zu Pfeifenberger überwechselte).

Pfeifenberger räusperte sich und setzte neu an: »Also! Wie es sich vielleicht schon herumgesprochen hat, beabsichtige ich, im neuen Jahr eine Agentur zu eröffnen ...«

»Oh!« entfuhr es Elke wie ein artiger Rülpser nach einem zu großen Schluck Sekt, und Schmalenbach bereute es, sie nicht ausreichend vorbereitet zu haben.

Immerhin schien Pfeifenberger sich nicht beirren zu lassen, er lächelte sogar gnädig in die Richtung der Schmalenbachschen Tischecke – offensichtlich angetan von dem Ausdruck naiven Erstaunens angesichts seines Wagemutes. Dann schaute er sinnend zur Decke und fuhr fort: »Da man einen solchen Schritt ins Ungewisse ungern alleine macht und eine gute Werbeagentur einen guten Textchef braucht, der nicht nur penibel ist, sondern auch ebenso kreativ, habe ich mich dazu entschlossen ...«

Hinter Pfeifenberger öffnete sich die Tür. Carola streckte den Kopf herein. Sie lächelte ihr festsitzendes Gastgeberinnenlächeln, wartete, bis Pfeifenberger – nun deutlich verärgert angesichts der Störung – sich nach ihr umwandte, und flötete dann: »Kommst du mal?!!«

Pfeifenberger stellte sein Glas so entschlossen auf den Tisch, daß der Cockerspaniel Grönemeyer, der zu Füßen seines Herrchens gedöst hatte, den Kopf hob und einmal laut bellte. Dann war Pfeifenberger draußen, die Tür schloß sich, und die Gäste waren unter sich.

Rochus tätschelte Grönemeyer, und Schmalenbach hoffte, daß er sich anschließend die Hände wusch, bevor er ins gemeinsame Brotkörbchen griff.

»Wußtest du das?« fragte Elke unanständig laut. »Das mit Pfeifenbergers neuer Agentur?«

Schmalenbach schaute auf Rochus, der nun mit beiden Händen seinen Hund kraulte und ansonsten ahnungslos schien. »Natürlich, Schatz!« antwortete Schmalenbach so knapp als möglich. Die ungewohnte Strenge in seiner Stimme sollte Elke von weiteren Fragen abbringen.

Pfeifenberger erschien wieder im Zimmer – ohne Carola. Er wirkte angestrengt. »Wie das so ist«, erklärte er. »Sowas geht nie ganz reibungslos ab.«

»Was?« fragte Rochus Fuchs mit der demonstrativen Voraussetzungslosigkeit, die ihm im Westen schnell den Ruf eingebracht hatte, eine Art Dissident der Werbewirtschaft zu sein.

»Die Gans halt«, antwortete Pfeifenberger mürrisch.

Rochus Fuchs tätschelte wieder Grönemeyer – jetzt allerdings leicht nervös, und Schmalenbach fand, daß die Welt gut eingerichtet war, wenn auch Aufschneider bisweilen in Ungnade fielen.

Elke erklärte, sie wolle Carola doch etwas zur Hand gehen, und empfahl sich mit den Worten: »Mein Onkel – übrigens ein ehemaliges Mitglied der Wasserballnationalmannschaft – hat seinerzeit jede Weihnachten eine Gans in der Bratröhre gehabt, ich verstehe also etwas davon!«

»Nein!« befahl Pfeifenberger hart, und Schmalenbach trat seiner Elke mental auf die Zehen.

Pfeifenberger erhob sein Glas zum zweiten Mal und setzte erneut an: »Vergessen wir die dumme Gans und ...«

Helga fiel ihm mit dem Stimmchen einer Elfe ins Wort: »Ist die Gans eigentlich gestopft worden?«

Rochus Fuchs wurde rot und zischte: »Das ist doch verboten, weißt du das nicht?«

Helga reagierte trotzig: »Es ist so viel verboten, und man tut's dennoch. Wenn ich nur daran denke, wie du kürzlich nach dem Besäufnis bei meiner Freundin Püppi doch noch mit dem Wagen ...«

»Gänsestopfen ist was anderes!« unterbrach sie Rochus Fuchs.

Pfeifenberger fühlte sich zu einer offiziellen Erklärung genötigt: »Carola kauft Fleisch nur auf dem Biobauernhof ›Hobbitsmühle‹. Die geben auf jedes Stück eine eiserne Garantie: artgerechte Haltung und keine Tierquälerei!«

Helga maulte: »Was hat Gänsestopfen denn mit Tierquälerei zu tun? Ich bin auf'm Dorf aufgewachsen, und dort haben alle ihre Gänse gestopft. Die Gänse haben immer vor Freude geschnattert, wenn's ans Stopfen ging. Was ich nur sagen wollte, war ...«

»Helga!« zischte Rochus Fuchs, und Grönemeyer bellte, weil sein Herrchen ihm vor lauter Nervosität die empfindliche Nase anstatt das Halsfell getätschelt hatte.

»... was ich nur sagen wollte«, hob Helga ein zweites Mal an, diesmal deutlich lauter und entschlossener. »Bei gestopften Gänsen muß man auf eines achten: die Leber. Sie ist bei den gestopften Gänsen besser als bei den ungestopften. Deshalb wollte ich jetzt schon mal mein Interesse an einem klitzekleinen Stückchen Gänseleber anmelden. Sie gilt übrigens als Delikatesse.« Beim letzten Satz kicherte sie überspannt.

Rochus Fuchs sah Pfeifenberger flehend an, und Pfeifenberger nahm Rochus seinen Part ab: »Deshalb stopft man sie auch, Helga!«

»Ach so!« sagte Helga. »Ich dachte immer, das ist so'ne katholische Tradition – quasi damit die armen Gänse auch was vom Advent haben.«

Pfeifenberger schlug mit dem Dessertlöffel gegen sein Rotweinglas, sofort war Ruhe. »... möchte ich hiermit bekanntgeben, daß ich mich entschlossen habe, den Weg als Unternehmer nicht alleine anzutreten ...«

Schmalenbach streckte sich.

So fühlen sich die großen Momente an, dachte er, noch in vielen Jahren werde ich mich an den wunderbaren Geschmack in meinem Mund erinnern können.

»... sondern zusammen mit einem jungen Werbemenschen, dessen Kreativität ich rückhaltlos auszunutzen gedenke ...«

Typisch Pfeifenberger, dachte Schmalenbach, großspurige Bescheidenheit – oder bescheidene Großspurigkeit. Schmalenbach war sich nicht sicher, wie er das Phänomen Pfeifenberger in einem Werbetext umschreiben würde, aber er war sich sicher, daß er diesen Mann mochte, ja, daß er ihn liebte.

Pfeifenberger führte sein Glas zum Mund. »Und so trinke ich auf die neue Agentur Pfeifenberger und Fuchs!«

Schmalenbach trank schon, sein Mund füllte sich schon gierig mit kühlem Weißwein, er spürte schon, wie der Triumph, den er die ganze Zeit über in seinem Innersten wie eine kleine Flamme gehütet hatte, aus seinem Versteck herausbrach und sich vom Wein und dem Stolz getrieben in einer Sekunde zu einem Flächenbrand ausbreitete.

Da erst bemerkte er seinen Irrtum. Pfeifenberger und Fuchs. Nicht Pfeifenberger und Schmalenbach. Deshalb war Rochus Fuchs eingeladen! Pfeifenberger hatte den Volontär dem langjährigen Freund Schmalenbach vorgezogen.

Schmalenbach glaubte, sich setzen zu müssen, aber er blieb schwankend stehen. Als die ahnungslose Elke mit ihm anstieß, wäre ihm fast das Glas aus der schweißnassen Hand gerutscht. Seine Augen füllten sich mit weichem, salzigem Wasser. Wie durch einen transparenten Duschvorhang sah er, wie Pfeifenberger und Rochus Fuchs sich umarmten und Helga neben den beiden zweimal leicht abhob und die Unterschenkel dabei anwinkelte wie der Teenager auf einem der allseits gelobten Werbeplakate, die Rochus Fuchs für die Hessische Landesbank entworfen hatte. Dann sah Schmalenbach durch den Wasserschleier hindurch Pfeifenberger mit ausgestreckten Armen auf sich zukommen – wahrscheinlich mit einer Entschuldigung, die die Blamage offenkundig machte. Schmalenbach fürchtete, ohnmächtig zu werden.

Was ihn rettete, war Carola.

Pfeifenbergers unermüdliche Gattin stand plötzlich in der Tür. Selbst der visuell eingeschränkte Schmalenbach entdeckte an ihren roten Bäckchen und dem Schimmer in ihren Augen, daß sie geweint hatte. Und noch etwas entdeckte Schmalenbach (wie alle anderen): In der kunstvoll toupierten Heiligabendfrisur von Carola Pfeifenberger hatte sich ein weißer Gänseflaum verfangen. Er tänzelte kurz schwerelos auf der Spitze der Frisur, schien in der Luft stehenbleiben zu wollen, senkte sich aber dann über Carolas Stirn zu deren Nase, als der Hausherrin ein Aufschrei entfuhr: »Karl-Heinz, komm bitte sofort in die Küche!«

Carola blies den schönen, weißen Flaum voller Abscheu bis in die Mitte des Zimmers und rannte dann vor dem vor Eifer leicht gebückten Pfeifenberger hinaus. Türen schlugen, aufgeregte Stimmen waren zu hören, jemand schrie und weinte dann.

Helga küßte Rochus Fuchs, als wären die beiden allein im Zimmer und die Lichter schon seit Stunden gelöscht. »Ich wußte es«, stieß sie atemlos hervor, sobald sie von ihm abließ. »Ich wußte es immer, du steckst sie alle in die Tasche.« Dabei schien ihre rechte Hand verstohlen etwas zu tun, was selbst dem alles andere als verklemmten Schmalenbach unpassend erschien – zumindest an Heiligabend. Auch von Rochus Fuchs war ein Geräusch der Mißbilligung zu hören.

Elke zupfte an Schmalenbachs Ärmel. »Wäre das nicht auch

was für dich gewesen, Schmalenbach? Du träumst doch schon seit langem von einem Wechsel und neuen Herausforderungen.«

Rochus und Helga hatten keine Blicke mehr füreinander, sie warteten auf Schmalenbachs Antwort, und Schmalenbach, der seine Begleitung verfluchte und die Zeiten zurücksehnte, in denen er solche Besuche allein absolvierte, räusperte sich, um Zeit zu gewinnen.

Er wartete auf Pfeifenberger, aber Pfeifenberger kam nicht. Schmalenbach mußte etwas sagen, und er sagte: »Eigentlich nicht, schließlich habe ich mir eine geachtete Stellung in der Agentur erarbeitet, ich habe einen eigenen Parkplatz, der Chef fragt mich um Rat, und der Pförtner hält seit Jahren jeden Winter Entfroster für mich bereit – also was will ich mehr? Riskante Projekte sind etwas für die Jugend – das war von jeher mein Motto. Herzlichen Glückwünsch, Rochus, ich hoffe, Pfeifenberger achtet auf dich, du weißt, er neigt geschäftlich manchmal zu waghalsigen Entschlüssen ...«

Rochus Fuchs gefror das Siegerlächeln zur Fratze eines Rasers im Moment des Radarfotos.

Pfeifenberger stürmte herein.

»Leute!« rief er. »Bedient euch mit Spirituosen! In der Bar müssen auch noch Wodka und Korn stehen. Die Suppe kommt gleich, die Gans dauert noch ein Weilchen, aber es ist Heiligabend, und wenigstens an Heiligabend sollte man sich Zeit nehmen. Zum Frühstück gibt's übrigens Marmelade, die Carola selbst gekocht hat – nur falls jemand daran denkt, wegen des vielen Alkohols den Wagen stehenzulassen.«

In diesem Moment wußte Schmalenbach, daß etwas nicht stimmte. Aber bevor er sich darüber weitere Gedanken machen konnte, trat Pfeifenberger an ihn heran, umarmte ihn, drückte ihn an seine Brust und klopfte ihm mit der Rechten vier Mal hintereinander kräftig auf den Rücken.

Schmalenbach war perplex, er bewegte sich wie eine Gliederpuppe. Seine Füße schienen weit hinter ihm zurückzubleiben, als der kräftigere – oder genauer: dickere – Pfeifenberger sich seines Oberkörpers bemächtigte.

Pfeifenberger roch nach nichts.

Schmalenbach schnupperte, um sich zu vergewissern: Pfeifenberger wies nicht den Geruch auf, den er eigentlich aufweisen müßte, wenn es mit rechten Dingen zuging. Pfeifenberger war für Minuten in der Küche und in der Nähe des Herdes gewesen – und nichts an ihm, nicht mal seine Haare, die so dünn und geruchsaufnahmebereit waren wie ein in die Jahre gekommener Kuchenpinsel, nichts roch nach Braten, nach der fetten, braunen, stark angebratenen Haut der Gans, auf die Schmalenbach sich am meisten freute.

»Und du, mein alter Freund«, schnaufte Pfeifenberger so leise, als sei sein Trost nur für das Ohr Schmalenbachs bestimmt, aber auch so laut, daß jeder im Raum ihn noch verstehen konnte. »Du bist mir hoffentlich nicht böse, daß ich deiner Bitte, dich in meine neue Agentur aufzunehmen, nicht nachkommen konnte! Sieh mal: So eine Agenturgründung ist ein riskantes Unternehmen, und man muß sich als Unternehmer dreimal überlegen, was man will: Einem lieben, alten Kollegen einen Gefallen tun oder schon zu Anfang einen frischen Wind in den neuen Laden lassen. Ich mußte mich für das zweite entscheiden, Schmalenbach, und ich bin sicher, das verstehst du!«

Es herrschte Totenstille, nur Grönemeyer gähnte unter dem Tisch so ausgiebig, daß sein Kiefer knarrte. Dann kicherte Helga, woraufhin Elke bitter »Na, denn Prost!« sagte.

Schmalenbach war drauf und dran, wortlos das Haus zu verlassen – ohne seine Begleitung, ohne von der Gans probiert zu haben, vor allem aber ohne Pfeifenberger gesagt zu haben, daß er seine Entscheidung verstand. Doch gerade als Schmalenbach tief seufzte und mit gesenktem Blick zur Tür schreiten wollte, kam Carola herein.

Sie schoß an Schmalenbach vorbei, schenkte ihrem Gatten, der sich erschrocken nach ihr umwandte, keinerlei Beachtung, ließ sich auf einen Stuhl nieder, goß sich einen solchen Schwall Rotwein ins erstbeste Glas, daß die blütenweiße Tischdecke sofort ein sich unaufhaltsam ausbreitendes Fleckengeschwür davontrug, und begann, nachdem sie den ganzen Schoppen in einer Bewegung ausgetrunken hatte, haltlos zu weinen.

Da beschloß Schmalenbach zu bleiben.

Natürlich kümmerten sich die beiden Frauen sofort rührend um Carola, wobei die in diesen Dingen etwas unerfahrene Helga der Gastgeberin monoton auf den Rücken klopfte, so daß jeder Schlag hohl im Brustraum Carolas nachklang, und Elke vor der Weinenden niederkniete, um sie in einem sanften Therapeuten-Tonfall zu beschwören: »Laß uns reden, laß uns über alles reden! Wir Frauen müssen reden. Falls du dich dann nicht besser fühlst, schicken wir die Männer hinaus – und du kannst dich aussprechen.«

Das wiederum bewog Helga dazu, von Carola abzulassen und Rochus Fuchs zu fragen: »Was wollt ihr Typen denn da draußen?«

Als Schmalenbach bemerkte, daß Pfeifenberger an beiden Händen zitterte, fragte er den Gastgeber genüßlich: »Hat sie das schon öfter gehabt?«

Pfeifenberger schaute Schmalenbach groß an und antwortete fahrig: »Ach was!«

Carola putzte sich die Nase, goß Rotwein nach, bis die Flasche leer war, trank auch dieses Glas in einem Zug aus und schaute dann kraftlos auf.

»Mir geht alles daneben, ich bin zu nichts nütze!«

Alle sahen Pfeifenberger vorwurfsvoll an, und der brauchte eigentlich viel zu lange, bis er sich an Carola wandte: »Das stimmt doch nicht, Schatz. Du bist großartig, du sprichst drei Fremdsprachen ...«

»Zwei!« verbesserte ihn Carola. »Und Englisch habe ich auf der Mittelschule nur zwei Jahre gehabt.«

»Was macht das schon? Du bist ein liebenswerter Mensch, du verstehst es, eine angenehme Atmosphäre um dich herum zu verbreiten, und du ...« Er stockte und sah sich in der Runde nach Hilfe um.

»Na was?!« drängte Carola mit fester Stimme.

»Sie sind eine wunderbare Köchin!« sprang Rochus Fuchs in die Bresche. Daraufhin erlitt Carola den nächsten, weit schlimmeren Heulkrampf.

Elke drängte sich vor: »Ist was mit der Gans?«

Carola hörte schlagartig zu heulen auf und schaute sie groß an: »Wie kommst du denn darauf?«

Die Elke lächelte sie gnädig an: »Stimmt's, du hast sie zu lange im Ofen gelassen? Das ist eben die Kunst bei Gänsen, meinem Onkel, dem Wasserballnationalspieler, ist das auch einoder zweimal passiert. Aber da gibt es einen einfachen Trick: Man zieht die Haut ab. Das Fleisch ist in fast allen Fällen zu retten. Zur Not kann man ein wunderbares Ragout daraus machen. Carola, laß uns jetzt, bitte, alle zusammen in die Küche gehen und ein Ragout kochen. Sowas macht unheimlichen Spaß, wir haben das bei Schallers mal mit einer völlig verkochten Rinderbrust gemacht ...«

Pfeifenberger unterbrach sie unwillig: »Wir sind hier nicht bei Schallers! Und keiner geht in die Küche!«, woraufhin Carola ihren dritten Heulkrampf erlitt und Pfeifenberger vollends die Nerven verlor. Er schrie seine Gattin an: »Nun reiß dich endlich zusammen, dummes Ding! Nicht mal an Weihnachten geht's ohne Szene ab, ich brauche eine Frau, die mich unterstützt, keine Heulsuse, auf die ich aufpassen muß wie auf ein Kind ...«

Carola sprang auf, sie wehrte sich heftig: »Willst du mir jetzt etwa auch noch vorwerfen, daß ich keine Kinder bekommen kann?!«

Pfeifenberger rang nach Luft.

Helga tätschelte Carolas Hand. »Das hat er doch gar nicht gesagt. Und wenn du wirklich keine Kinder bekommen kannst... Ich meine, sowas liegt auch oft am Mann. Nicht wahr, Rochus, erzähl doch mal von deiner letzten Spermienzählung! Die meisten Männer produzieren einfach nicht mehr genug Spermien. Die Ärzte sagen, das liegt an den Umweltgiften, aber ich bin mir sicher, es liegt daran, daß sie in jeder freien Minute heimlich onanieren ...«

Rochus Fuchs schoß das Blut in den Kopf. Er fuhr seine schöne Freundin an: »Halt endlich deinen Mund!«

Helga schlug die rechte Hand über ihre Lippen, als wäre ihr unbeabsichtigt etwas herausgerutscht. »Hätte ich das jetzt nicht sagen dürfen, Rochus? Du weißt, ich will dir nicht weh tun.«

»Es ist doch auch nichts Schlimmes, wenn man als Mann zeugungsunfähig ist«, mischte sich Elke engagiert ein. »Hauptsache, man ist zärtlich und sensibel im Umgang mit dem Partner.«

»Hauptsache, man erreicht was im Leben«, konterte Rochus Fuchs, »und hockt nicht seit Jahrzehnten in der gleichen Besenkammer.«

Das war eine deutliche Anspielung darauf, daß – aufgrund undurchsichtiger Verteilungsverhältnisse – der Volontär Rochus Fuchs in der Werbeagentur ein größeres Büro hatte als der stellvertretende Textchef Schmalenbach.

Schmalenbach sah rot. Er entgegnete Rochus Fuchs bebend: »Es kommt immer darauf an, wie man etwas erreicht. Warst du es nicht, der in der letzten großen Konferenz eine Zeichnung von Pfeifenberger für den Jahresbericht der Schornsteinfeger-Innung ablehnen wollte? Du hast ihn einen einfallslosen Fünfziger-Jahre-Epigonen, der heute noch HB-Männchen zeichnet, genannt.«

Das saß. Rochus Fuchs öffnete zwar den Mund – er brachte aber kein Wort heraus.

Dafür entfuhr es Pfeifenberger: »Quotenossi!«

Carola schlug mit ihrer kleinen Faust auf den Tisch, daß die Gläser schepperten. »Schluß jetzt! Es ist Heiligabend!«

In diesem Augenblick öffnete sich durch einen Luftzug aus der Küche ganz langsam die Tür, und eine Gans watschelte ins Wohnzimmer.

Sie sah aus, als wäre sie einem Bauernhof-Bilderbuch für Kleinkinder entstiegen. Die Pfeifenbergersche Gans hatte einen rotbraunen Schnabel mit einer dicken Warze und ein elfenbeinfarbenes Gefieder, ihre Füße hatten die gleiche Farbe wie der Schnabel und waren so breit, daß sie bei jedem Schritt ein schweres Klatschen auf dem Parkett verursachten.

Die Gans bei Pfeifenbergers benahm sich für eine Gans, die eigentlich längst in den Backofen gehörte, erstaunlich unbefangen. Sie schaute erst jeden Gast einzeln groß an, drehte dann eine Runde um einen freien Stuhl, blieb schließlich stehen und schnatterte.

Grönemeyer sprang unterm Tisch auf und bellte laut, was die Gans so erschreckte, daß sie drei unsichere Schritte rückwärts watschelte.

Rochus Fuchs riß seinen Cockerspaniel am Halsband, das lose um das Stuhlbein gelegt war, zurück. Dann wies er ihn in der Art heuchlerischer Hundebesitzer zurecht, die nur halbherzig und allenfalls zur Beruhigung ihrer verängstigten Mitmenschen tadeln. Mit auf Nasenhöhe erhobenem Zeigefinger gurrte er verstohlen grinsend: »Du läßt jetzt die Gans in Ruhe, Grönemeyer, die geht dich nichts an!«

»Ich dachte, die wär' schon im Ofen?!« wandte sich Elke besorgt an Pfeifenberger.

Pfeifenberger lief rot an und schrie: »Das dachte ich auch!«

Diesmal erlitt Carola keinen Weinkrampf. Sie putzte sich nur schon wieder die Nase, zerknüllte das durchnäßte Papiertaschentuch zu einer steinharten Kugel, steckte es in die Seitentasche ihrer Küchenschürze und zischte ihren Gatten an: »Warum tust du's denn nicht, Feigling?!«

Pfeifenberger schnappte nach Luft. »Ist das nun die Sache der Hausfrau oder nicht?!«

»Tiefstes Mittelalter!« hauchte Elke Schmalenbach ins Ohr und legte dann Carola kameradschaftlich ihre Hand auf den Unterarm.

Rochus Fuchs klatschte in die Hände. »Also, wo ist das Problem?« Dabei sah er mit seinem flachen Jungengesicht so arglos in die Runde, als wäre er gerade eben von einer Schneeballschlacht hereingekommen. Mit der gleichen Frage und der gleichen Pose hatte er sich auf der Krisensitzung, bei der über den Verkauf der Agentur an einen amerikanischen Reifenkonzern beraten werden sollte, viele Freunde – aber auch viele Feinde – gemacht.

Carola antwortete gelassen: »Das Problem ist, daß wir sechs Leute sind, die am Heiligabend eine Gans verspeisen wollen, daß aber der Gastgeber bis jetzt nicht in der Lage war, dieser Gans den Hals umzudrehen!«

»Verstehe!« sagte Rochus Fuchs kleinlaut und flüsterte mit Helga, die immer noch nicht verstanden zu haben schien, was vorging.

Pfeifenberger schüttelte verständnislos den Kopf. »Wie kann man auch nur so blöd sein, eine Gans lebend zu kaufen!?«

Carola kämpfte wieder mit den Tränen. »Weil sie auf dem Biobauernhof ›Hobbitsmühle‹ schon aus Prinzip keine ermordeten Tiere verkaufen. Die lieben dort nämlich ihr Vieh!« verteidigte sie sich mit schwacher Stimme.

»Und warum bist du dann nicht einfach zum Metzger im Supermarkt gegangen und hast eine halbe Weihnachtsgans verlangt?«

»Weil du gesagt hast, wir zeigen den profillosen Mitläufern aus der Agentur mal, was moderne Lebensart ist. Und du hast gesagt, das Fleisch aus der ›Hobbitsmühle‹ schmeckt einfach herzhafter als das aus dem Supermarkt. Genau das hast du gesagt – und zwar gleich mehrmals.«

Pfeifenberger atmete tief durch. »Das mag ja sein, aber das heißt doch nicht, daß du gleich ein lebendes Tier erstehen mußt, Moppel ...«

»Nenn mich nicht Moppel!« fuhr seine Frau Carola ihn an. »Zumindest nicht vor wildfremden Menschen!«

Pfeifenberger gab sich Mühe, versöhnlich zu klingen. »Aber Carola, sie sind doch keine wildfremden Menschen für uns! Und an die Formulierung ›profillose Mitläufer‹ kann ich mich beim besten Willen nicht erinnern.«

Carola sah sich um, lächelte, dann hob sie ihr frisch gefülltes Glas, prostete jedem einzeln zu, trank dann wieder einen viel zu großen Schluck und sagte leise: »Entschuldigung!«

Damit war das Eis gebrochen, und selbst die Gans, die dem Disput regungslos und mit nach hinten gebogenem Hals gefolgt war, watschelte vertrauensselig wieder drei Schritte in Richtung Tisch, hielt aber – mit einem Bein in der Luft – verängstigt inne, als Grönemeyer unterm Tisch gefährlich knurrte.

Alle tranken ihre Gläser leer, der Hausherr holte zwei frische, längst entkorkte Flaschen Rotwein von der Anrichte, schenkte beidhändig und großzügig nach und erhob sein Glas. Wieder tranken alle. Helga sagte noch »Jetzt aber auf Ex!«, bevor sie ansetzte.

Als die Gläser wieder auf dem Tisch standen, und Pfeifenberger sich die Hände rieb, schnatterte die Gans. Rochus mußte Grönemeyer wieder zurückreißen, und die Gans hob leicht die Flügel und flatterte vor Angst – ein wenig.

»Essen wir doch einfach erst mal die Grünkernsuppe«, schlug Pfeifenberger vor.

Daraufhin stürzte Carola in die Küche und kam nur wenig später mit einer dampfenden Terrine zurück, aus der sie geschickt eine graugrüne, leicht nach Haferflocken riechende Flüssigkeit in die Suppenteller austeilte.

Die Gäste hatten großen Hunger. Sie schlangen die heiße Suppe herunter und befanden sie einhellig für ausgezeichnet. Carola strahlte wieder, und die Gans begann eine vorsichtige Wanderung um den Tisch, wobei sie wie ein Seemann hin und her wankte und darauf achtete, dem lauernden Grönemeyer nicht zu nahe zu kommen.

Carola teilte wieder Grünkernsuppe aus. Jeder bekam noch einen halben Teller, dann war die Terrine leer. Eilig löffelten sie wieder. Dann herrschte Stille. Nur das behäbige Tapsen der breiten Gänsefüße auf dem Parkett war zu hören – und das Magenknurren der Anwesenden, denn in der Hektik der Heiligabendvorbereitungen war keiner von ihnen tagsüber zum Essen gekommen.

Alle blickten erwartungsvoll auf Pfeifenberger.

Der Gastgeber legte den Suppenlöffel weg, putzte sich den Mund mit der Stoffserviette ab und erklärte dann in dem souverän klingenden Baß, den alle an ihm bewunderten: »Dann will ich die Sache mal in die Hand nehmen!«

Er stand auf, wollte hinaus, kehrte dann aber wieder um, drückte Carola einen Kuß auf die Wange und sagte: »Nichts für ungut!«

Helga applaudierte, und Rochus bellte zackig: »Mein Freund Pfeifenberger!!!«

Pfeifenberger riß die Tür auf und machte eine Bewegung, als wollte er die Gans aus dem Zimmer wedeln. Die Gans aber watschelte rückwärts – verschreckt durch den Luftzug oder durch Pfeifenbergers kokette Schlachterpose.

Pfeifenberger klatschte in die Hände. »Nun aber!« schrie er so überzeugend, als schlachte er Tag für Tag Gänse und sei mit ihrer simplen Psyche wohlvertraut. Die Gans bog ihren Hals nach hinten und schnatterte.

Pfeifenberger ging auf sie zu. Wieder klatschte er in die Hände. Die Gans schnatterte noch heftiger.

»Sie hat Angst!« erklärte Helga.

»Nicht mehr lange!« tönte Pfeifenberger.

Schmalenbach wunderte sich über Pfeifenbergers Kaltblütigkeit. Offensichtlich härtete ein Leben als selbständiger Cartoonist doch anders ab als die angestellte Tätigkeit, der Schmalenbach in der Agentur nachging. Pfeifenberger war in seinem Element, er ahmte sogar das Geschnatter der Gans nach und machte sich derart über das zu Tode verängstigte Geschöpf lustig. Selbst seine Gattin Carola hatte wieder ihre alte Form wiedergefunden. »Pfeifenberger! Du schaffst es!« schrie sie auf. »Zeig's ihr!«

Auch Rochus Fuchs und seine Helga faßten sich an den Händen und feuerten Pfeifenberger an.

Schmalenbach aber fragte – genau in dem Moment, in dem Pfeifenberger nach dem Hals der Gans fassen wollte: »Wie willst du sie eigentlich töten?«

Pfeifenberger hielt inne. Er wandte sich zu Schmalenbach um und antwortete: »Wie man eine Gans halt tötet: Man dreht ihr den Hals um!«

»Und das kannst du?« wollte Schmalenbach von Pfeifenberger wissen.

Bevor der Hausherr antworten konnte, sprang Elke bei: »Mein Onkel, der Wasserballnationalspieler, hat die Gänse nach dem Rupfen immer mit einer Fackel behandelt. Er sagte, dadurch kommt nichts vom Pflaum an den Braten. Es stank höllisch und manchmal schmeckte das Gänsefleisch nach Holzkohle.«

Schmalenbach griff diesmal ein, bevor ein anderer es tat: »Aber da war die Gans doch schon geschlachtet – hoffe ich zumindest für den Wasserballnationalspieler.«

Nun hatte sogar Rochus Fuchs etwas beizutragen: »Bei uns in Chemnitz hat das immer ein polnischer Schlachter erledigt. Er hat die Gans am Hals gepackt und sie so lange in der Luft gedreht, bis sie nicht mehr flatterte. Dann hat er ihr mit einem Beil den Kopf abgeschlagen. Einmal habe ich gesehen, daß eine Gans ohne Kopf wieder angefangen hat zu flattern. Mindestens einen Meter hoch ist sie geflogen. Das Blut schoß ihr in einem fingerdicken Strahl aus dem Hals ...«

Pfeifenberger war bleich geworden. Er ging zur Anrichte und kippte einen Grappa hinunter. Dann gab er sich einen Ruck und wandte sich wieder der Gans zu. Die Gans schnatterte.

Pfeifenberger schaute sich um und bemerkte, daß sechs Augenpaare ihn anstarrten – und er verstand, daß es kein Zurück mehr für ihn gab: Er griff nach der Gans. Die Gans wich zurück, das heißt: ihr Hals wich zurück. Pfeifenberger machte diese Geste der Angst Mut, er versuchte, mit einem entschlossenen Griff, den nervösen Hals zu fassen zu bekommen – da geschah es. Der Hals der Gans nahm einen Anlauf und schoß dann vor wie eine Natter.

Die Gans biß Pfeifenberger in die Hand.

Pfeifenberger ballte die gebissene Hand zur Faust und drückte sie erschrocken in seinen weit offenen Mund.

»Jetzt reicht's!« empörte sich Carola. »Das Vieh gehört in den Ofen!«

Pfeifenberger ließ sich auf einen Stuhl fallen und setzte eine Rotweinflasche an. Er trank lange und gierig. Pfeifenberger war fertig. Die Gans hatte ihn geschafft.

»Und jetzt?« fragte Elke.

»Grönemeyer!« rief Helga aus. Rochus Fuchs schaute seine Freundin verständnislos an.

»Du könntest ihn von der Leine lassen«, schlug Helga aufgeregt vor. »Er würde es dem Mistvieh schon zeigen.«

Rochus Fuchs fand sofort Gefallen an der Idee – nicht zuletzt, weil er zu hoffen schien, mit Grönemeyers Hilfe in Pfeifenbergers Gunst wieder etwas zu steigen. Er bückte sich schon zum Karabinerhaken am Halsband Grönemeyers, der so gierig schnaufte, als hätte er jedes Wort verstanden, als Carola schrie: »Erstens ist unsere Gans kein Miststück. Sie kommt immerhin von der ›Hobbitsmühle‹ und nicht aus der Aldi-Tiefkühltheke!«

»Bei Aldi gibt's keine Tiefkühltheke!« verbesserte Helga die Gastgeberin schnippisch.

»Das weißt du sicher besser als ich!« konterte Carola. Und Rochus Fuchs, der etwas spät bemerkt hatte, daß Helgas Idee seinen Stellenwert bei Pfeifenbergers eher senkte als hob, schüttelte mißbilligend den Kopf: »So hat Helga das bestimmt nicht gemeint. Hör mal, Carola: In der freien Natur ist es ganz normal, daß ein streunender Hund eine Gans reißt – das ist nun mal so, die Welt ist so eingerichtet, und die Leute von der ›Hobbitsmühle‹ wären sicher die allerletzten, die gegen diese biologische Lösung unseres Problems etwas einzuwenden hätten.«

»Und wer entfernt nachher das Federzeugs von meiner Sitzgarnitur?!« fuhr Carola ihre beiden jungen Gäste an.

Schmalenbach unterstütze sie: »Erfahrungsgemäß geht so eine biologische Auseinandersetzung zwischen den Arten nie ohne arges Blutvergießen aus. Und Gänseblut hinterläßt hartnäckige Flecken!«

Carola nickte dankbar. Rochus Fuchs aber giftete Schmalenbach an: »Weißt du denn was Besseres?!«

»Naja«, antwortete Schmalenbach nach längerem angestrengten Nachdenken. »Warum machen wir es nicht auf die zivilisierte Art!«

»Mit dem Bolzenschußgerät vielleicht!?« giftete Helga, die sich freute, Rochus auf ihre Art zeigen zu können, daß man sich auf sie verlassen konnte.

Schmalenbach überhörte den Spott, so wie er auch in der Agentur oft genug die naseweisen Verbesserungsvorschläge eines Rochus Fuchs überhört hatte, wenn sie seinen Arbeitsbereich betrafen. »In jedem Haushalt ist etwas Gift vorhanden«, fuhr er ruhig fort. »Wir flößen es der Gans mit Milch ein und warten, bis sie verschieden ist. Dann schieben wir sie in die Röhre ...«

Carola schien sich mit der Idee Schmalenbachs anfreunden zu wollen, sie schaute ihn jedenfalls nachdenklich an. Da aber zeigte sich, daß auch Elke dem angeborenen Reflex zum Verrat sofort nachgab, sobald sich eine Gelegenheit bot. Gerade als Pfeifenberger sich müde erhob, um das Gift aus der Hausapotheke zu holen, warf Schmalenbachs Begleitung hämisch ein: »Ich hoffe doch, niemand in diesem Raum denkt daran, sich durch den Genuß von vergiftetem Gänsefleisch selbst zu vergiften – und dann auch noch an Heiligabend.« Ich seh' schon die Meldung auf den Vermischtes-Seiten der Weihnachtsfeiertags-Ausgaben aller deutschen Tageszeitungen: »Sechs Yuppies sterben an vergiftetem Gänsefleisch!«

Schmalenbach nahm sich vor, am nächsten Morgen mit ihr offen zu reden. Wenn sie nicht zu ihm stand, würde er sich trennen müssen.

Pfeifenberger seufzte, er schaute erwartungsvoll in die Runde: »Erklärt sich jemand bereit, mit der Gans in die Küche zu gehen und das zu tun, was getan werden muß?«

Die beiden Männer schauten weg, die Frauen fühlten sich nicht angesprochen.

»Gut!« sagte Pfeifenberger hart. »Wenn das so ist, halte ich den Vorschlag, den Hund die Arbeit tun zu lassen, für die einzig mögliche Lösung.«

»Ich könnte die vier Halskoteletts aus dem Tiefkühlfach nehmen und schnell durchbraten«, schlug Carola zaghaft vor.

Pfeifenberger fuhr sie an: »Wir haben die fünfzig Mark für eine Weihnachtsgans ausgegeben und die Leute eingeladen – also gibt's auch eine Weihnachtsgans. Es ist nicht meine Art, mich vor Problemen zu drücken.«

Carola nickte ergeben und widmete sich wieder dem Rotwein, worauf Pfeifenberger sich entschlossen an Rochus Fuchs wandte: »Und von dir erwarte ich, daß du die Sache über die Bühne bringst!«

Rochus wollte protestieren, aber Pfeifenberger schnitt ihm das Wort ab. »Sollte ich mich so in dir getäuscht haben, als ich dich den älteren und erfahreneren Kollegen vorgezogen habe?«

Rochus Fuchs wurde bleich. Dann tätschelte er seinen nach Gänseblut lechzenden Cockerspaniel Grönemeyer und griff nach dem Karabinerhaken wie nach dem Zündhebel einer Feldhaubitze.

»Stop!« schrie Pfeifenberger. »Doch nicht hier drin. Er soll sein Geschäft draußen machen. Meinetwegen in der Badewanne, dann kann Carola das Blut und die Federn nachher einfach wegduschen!«

Rochus Fuchs stand auf und führte den hechelnden Grönemeyer wie ein Waidmann an steifer Leine um den Tisch herum hinaus. Bald darauf war zuerst die Badezimmertür und gleich darauf die Klospülung zu hören.

Pfeifenberger trank den zweiten Grappa an diesem Abend. Er sah dabei aus wie der Präsident der Vereinigten Staaten, nachdem er den Knopf für die atomare Vergeltung gedrückt hatte.

Die Gans watschelte ein paar unsichere Schritte in die Zimmermitte und schnatterte. Offensichtlich fühlte sie sich vergessen, auch schien sie die Abwesenheit Grönemeyers unternehmungslustig zu machen. Sie schaute jeden der Anwesenden lange an und drehte dann gelassen eine Runde um die Tafel, wobei sie zufrieden vor sich hingrummelte, als müsse sie sich selbst versichern, daß es ihr gutging.

»Eigentlich ist sie ganz nett«, bemerkte Elke, was Schmalenbach zur Weißglut brachte, denn für den ambitionierten Werbetexter war es eine Zumutung, wenn jemand eine Gans als *eigentlich ganz nett* bezeichnete. Selbst der Cartoonist Pfeifenberger empfand ähnlich, er korrigierte entnervt: »Sie ist nicht *ganz nett,* Elke, sie ist eine Gans, und ich habe sie gekauft, damit wir sie essen. Schließlich ist Heiligabend!«

»Ich habe sie gekauft!« warf Carola stolz ein.

»Dann bring sie auch gefälligst ins Badezimmer!« fuhr Pfeifenberger seine Gattin an.

Carola nahm einen letzten Schluck, erhob sich – schon leicht schwankend – und sagte kraftlos: »Wenn du dich nicht traust!«

Pfeifenberger versuchte, ruhig zu bleiben: »Das hat damit gar nichts zu tun! Wir haben mal einen Vertrag geschlossen, Carola. Darin hieß es: Jeder hat seine Pflichten!«

Carola sagte bloß: »Angsthase!« Dann ging sie zu der ahnungslosen Gans, die sich ihr sofort vertrauensvoll zuwandte. Carola bückte sich, griff unter den breiten, tiefliegenden Rumpf der Gans und hob sie wie einen Säugling auf ihre Arme.

Die drei anderen hielten den Atem an.

Der Gans schien die neue Position zu gefallen, sie schnatterte zufrieden und legte ihren Hals zu einem Fragezeichen gefaltet auf ihrem weichen Rücken ab, wie ein unzufriedener Schwan.

»Also ich würde auch ein Halskotelett essen!« bekannte Elke mit belegter Stimme. Schmalenbach verspürte ebenfalls keine Lust mehr auf Gänsefleisch, aber er hütete sich etwas zu sagen, denn er bemerkte aus den Augenwinkeln Pfeifenbergers verkniffenen Gesichtsausdruck.

Der Hausherr erhob sich und hielt seiner Frau die Tür auf. Carola passierte ihn, ohne ihm einen Blick zu gönnen – mit der Gans auf dem Arm, die mit ihrem Schnabel nach Pfeifenberger tastete, als erwartete sie eine Liebkosung. Pfeifenberger legte vor Schreck den Kopf so weit in den Nacken, daß er selbst wie eine Gans aussah. Dann schloß er die Tür hinter seiner Frau und der Gans und genehmigte sich an der Anrichte den dritten Grappa. Schmalenbach hätte jetzt auch gerne einen Grappa getrunken, aber er wollte den Gastgeber nicht darum bitten, wenn der selbst nicht darauf kam, seinen Gästen einen anzubieten.

Im Flur wurde die Badezimmertür zugeschlagen. Ein Schlüssel drehte sich im Schloß – und irgendwo in der Ferne bellte Grönemeyer laut und bedrohlich. Dann kamen Carola und Rochus Fuchs mit hochroten Köpfen hereingestürmt und nahmen eilig Platz.

Es herrschte eine vollkommene Stille.

Irgendwann sagte Pfeifenberger: »Guter Hund!« und trank den vierten Grappa. Wieder allein.

Rochus Fuchs wuchs im Sitzen um einen ganzen Kopf.

Pfeifenberger wollte sich soeben seinen fünften Grappa einschenken, als der mißbilligende Blick Carolas ihn traf. Sie schüttelte leicht den Kopf und sagte leise: »Noch ist nicht alles ausgestanden. Stellt euch vor, er zerfleischt sie. Wir können unmöglich an Heiligabend eine völlig zerfleischte Gans auf den Tisch bringen.«

»Grönemeyer weiß, was sich gehört!« tönte Rochus Fuchs.

Er stand auf und stolzierte mit geradem Rücken und leicht nach hinten federnden Beinen zur Anrichte, nahm sich selbst einen Grappa und prostete Pfeifenberger zu, als ginge er seit Jahren hier ein und aus.

Schmalenbach fühlte sich so überflüssig – selbst wenn Pfeifenberger ihm nun großmütig ein Glas seines 80-Mark-Grappas angeboten hätte, er hätte abgelehnt.

Helga konnte es kaum erwarten: »Sollen wir nicht langsam mal nachsehen – ich meine, wie ich Grönemeyer einschätze, geht's ziemlich schnell bei ihm.«

»Woher willst du das wissen?« fragte Rochus. »Grönemeyer ist mein Hund nicht deiner.«

»Eben«, entgegnete Helga spitz. Es dauerte eine Weile, bis Rochus Fuchs rot wurde. Diesmal kicherte Schmalenbach, Elke sagte – natürlich laut und deutlich: »Oho!«

Dann wurde draußen gegen die Badezimmertür geknufft. Pfeifenberger ging hinaus. Eine Sekunde später war Grönemeyer im Zimmer. Wie ein Pfeil flog er unter den Tisch und legte sich brav zu den Füßen seines Herrchens ab. Er winselte.

»Was hat er denn? Ein schlechtes Gewissen?« fragte Carola Pfeifenberger treuherzig.

»Animal post coitum triste est!« sinnierte Rochus Fuchs.

»Was?« fragte Helga.

»Das Tier ist danach immer traurig«, übersetzte Rochus.

»Wonach?« wollte Helga wissen.

»Na, wonach schon?« fragte Elke zurück – und fügte zu Rochus gewandt zu. »Aber es heißt coitus nicht coitum.«

Helga sah Rochus Fuchs an, der unterm Tisch stolz seinen Hund tätschelte, und kicherte. Rochus wurde zum zweiten Mal rot.

Als Pfeifenberger ins Zimmer trat, wirkte er besorgt.

»Und??!!« fragte die Gattin.

»Ich fürchte, er hat sie mit Haut und Haaren verschlungen!« antwortete Pfeifenberger. »Die Gans ist nicht mehr da.«

Ein Aufschrei aus fünf – nein, vier Kehlen; Rochus Fuchs tätschelte bloß verständnislos den immer noch winselnden Grönemeyer.

»Eine Bestie!« zischte Carola und schüttelte sich. Erst jetzt zog Rochus Fuchs seine Hand von Grönemeyer weg und setzte eine bittere Miene auf.

»Iiii!« schrie Helga. »Das viele Blut!« Sie starrte auf die Hand von Rochus Fuchs, die eben noch Grönemeyer getätschelt hatte. Sie war blutrot. Und das Tischtuch sog an der Stelle, an der Rochus Fuchs saß, einen rosaroten Kranz auf.

Rochus Fuchs starrte auf seine blutig glänzende Rechte. »Grönemeyer!« seufzte er.

Der Hund trollte sich in die Ecke, in die sich kurz zuvor die Gans geflüchtet hatte, und rollte sich zusammen. Er winselte jetzt noch lauter.

»Ekelhaft!« sagte Carola.

»Peinlich!« entfuhr es Pfeifenberger.

»Entschuldigung«, flüsterte Rochus Fuchs.

»Und jetzt?« fragte Schmalenbach.

Carola starrte auf den Parkettboden. Grönemeyer hatte eine breite Blutspur hinter sich hergezogen.

»Also mir ist der Appetit gründlich vergangen«, erklärte Elke. »Ich finde es sowieso verantwortungslos, Fleisch zu essen. Ist euch denn noch nie aufgefallen, daß Fleisch eigenartig schmeckt – es schmeckt immer so ... tot.«

Schmalenbach kannte das, er wußte aber auch, daß sie zu Hause jeden Morgen ein Blutwurstbrot zum Frühstück und einmal in der Woche beim Argentinier ein 450-Gramm-Steak aß – aus hormonellen Gründen, wie sie behauptete. »Das will doch keiner wissen!« wies er Elke zurecht.

Bevor Elke sich auf Schmalenbach stürzen konnte, schrie Helga auf: »Guck mal! Grönemeyer! Der blutet ja selbst!«

Der Hund blutete wirklich – und zwar aus der Nase.

»Hat die Gans doch wie ein Löwe um ihr Leben gekämpft«, sinnierte Carola.

»Armer Grönemeyer«, jammerte Rochus und ging vor dem Cockerspaniel auf die Knie. Er streichelte das winselnde Tier, sofort war seine Hand wieder voller Blut – auch auf dem Parkett entstand eine weitere Blutlache.

»Das Monster hat ihm in die Nase gebissen«, schimpfte Rochus – den Tränen nahe.

Pfeifenberger erklärte düster: »Jedes Tier kämpft bis zum Schluß – das unterscheidet die Tierwelt von den Menschen.« Dabei schaute er Schmalenbach an. Schmalenbach erhob sich, er hatte genug. So als hätte er einen unsichtbaren Schalter berührt, klingelte es.

Alle erschraken. Pfeifenberger zischte: »Musik an!« Carola stürzte zu dem Plattenspieler, um die Nadel auf den breiten Rand der alten Weihnachts-LP zu legen. Es krächzte, dann sang ein Knabenchor: »Süßer die Glocken nie klingen.« Es klingelte wieder, diesmal länger und lauter.

Pfeifenberger ging hinaus, gleichzeitig verzog sich Grönemeyer mit hängendem Schwanz wieder unter den Tisch.

Draußen war eine aufgeregte Stimme zu hören, und Schmalenbach setzte sich schnell hin, als Pfeifenberger kurz darauf einen Besucher hereinführte.

Der Mann trug einen Rollkragenpullover aus grober und sehr bunter Wolle, eine schwarze Jeans, die es nur in New York zu kaufen gab, und einen schwarzen Akten-Koffer aus Büffelleder, den er mit einer dynamischen Bewegung auf den Tisch schwang. Dann drückte er zwei Tasten seines Handys gleichzeitig und deponierte ihn vorsichtig neben dem Koffer auf den Tisch, wo das zierliche Gerät aufgeregt rot und grün blinkte.

»Frohe Weihnachten!« wünschte der sonnengebräunte Mann mit dem graumelierten Dreitagebart, dann begann er eine Runde um die Tafel, bei der er jedem Anwesenden die Hand schüttelte und sich mit einem artigen Kopfnicken vorstellte: »Rudolf.«

»Rudolf kommt von der ›Hobbitsmühle‹!« erklärte Pfeifenberger. Dabei machte er ein paar Schritte – scheinbar absichtslos, aber alle Anwesenden außer Rudolf bemerkten, daß er eine

Position bezog, die Rudolf von der »Hobbitsmühle« den Blick auf die Blutlache in der Zimmerecke verstellen sollte.

Rudolf ließ die beiden Edelmetallschlösser seines Koffers aufklicken, öffnete den Deckel und schaute dabei so verheißungsvoll in die Runde wie ein Weihnachtsmann kurz vor der Bescherung. Dann verteilte er bunte Meisenknödel. Die Beschenkten waren sprachlos.

Rudolf klappte seinen Koffer zu. »Eine kleine Aufmerksamkeit von der ›Hobbitsmühle‹ zum Fest der Liebe«, erklärte er und lächelte. Dann vereiste seine Miene. »Wie ich höre, haben Sie noch nicht gegessen. Ich will offen sein: Ich bin wegen der Gans hier. Meine Mission – und in meinen Augen ist es das – wäre von vorneherein aussichtslos gewesen, wenn Sie die Gans schon verzehrt hätten. Aber wie ich schon an der Wohnungstür erfahren habe, steht die Gans erst morgen, am Ersten Weihnachtsfeiertag, auf dem Speiseplan des Hauses – was mich, offen gesagt, sehr glücklich macht. Die Gans wurde nämlich unrechtmäßig an Sie verkauft ...«

Carola wehrte sich mit der Verve der Hausfrau, deren Ehrlichkeit man in Zweifel zieht: »Ich habe dafür 50 Mark gezahlt. Alles hatte seine Richtigkeit, Rudolf, frag doch deine Frau!«

Rudolf machte ein säuerliches Gesicht: »Das ist es ja. Sieh mal, Carola, du kommst seit zwei Jahren zu uns und weißt: Die ›Hobbitsmühle‹ ist kein Ort, wo Pflanzen und Tiere verhökert werden, die ›Hobbitsmühle‹ ist ein Heim für Pflanzen und Tiere ...«

»Papperlapapp!« unterbrach ihn Pfeifenberger. »Was soll das Bio-Gesülze? Sie bieten an, wir kaufen. Fertig!«

»Aber die Gans war nicht im Angebot. Meine Frau hat sie hinter meinem Rücken verkauft. Die ganze Woche habe ich mich zur großen Biobauern-Konferenz im Berliner ICC aufgehalten, und als ich heute müde nach Hause kam und meine geliebte Gans Jolanthe begrüßen wollte, war sie weg ...«

Rudolf hatte sich in Rage geredet, er machte eine Pause, warf einen sehnsüchtigen Blick auf die noch halbvolle Rotweinflasche und setzte dann, als niemand Anstalten machte, ihn zu bewirten, etwas ruhiger von neuem an: »Meine Frau Rosel ist ein grundgütiger Mensch – aber sie hat etwas gegen Jolanthe. Es ist völlig irrational, sie behauptet, ich sei auf die Gans fixiert und vernachlässige darüber die Menschen um mich herum. Rosel ist eben unglaublich eifersüchtig – obwohl ich ihr keinerlei Grund zu dieser Eifersucht liefere.«

Carola starrte ihn lange mit offenem Mund an, dann fragte sie: »Und deshalb hat Rosel die Gans verkauft?«

Rudolf freute sich, daß man ihn endlich verstand: »Ja. Hinter meinem Rücken – aber ich bin ihr deshalb nicht böse. Rosel ist halt ein total impulsiver Mensch und im Grunde unheimlich tierlieb. Deshalb habe ich sie ja auch geheiratet. Aber wenn es um Jolanthe geht, wird die sanftmütige Rosel einfach zur Furie. Sie glauben ja nicht, was für Lügen ich mir einfallen lassen mußte, um heute abend hierher eilen zu können – während sie zu Hause unterm Weihnachtsbaum sitzt und auf mich wartet.«

Helga wischte sich mit einem Tempotaschentuch zwei dicke Tränen ab. Und selbst Pfeifenberger mußte sich räuspern, um seine Rührung zu verbergen, bevor er sprach: »Rudolf, es tut mir leid, aber wir können den Kauf nicht rückgängig machen – auch wenn wir das gerne tun würden.«

Rudolf klappte seinen Koffer wieder auf, entnahm ihm eine alraunenartig gewachsene Ingwerwurzel, die im Kerzenschein des Pfeifenbergerschen Weihnachtsbaumes golden schimmerte, legte sie aber nach kurzem Nachdenken wieder zurück und hatte plötzlich einen Hundertmarkschein in der Hand. »Das Doppelte des Verkaufspreises! Ist das ein Angebot oder nicht?«

Pfeifenberger schüttelte den Kopf.

Erst jetzt fiel Rudolfs Blick auf die Blutlache hinter Pfeifenberger. Er schrie auf: »Was geht hier vor?!« Und als er keine Antwort bekam: »Blutopfer! Tierquälerei! So ist das also. Das gibt eine saftige Anzeige! Und natürlich Hausverbot auf der ›Hobbitsmühle‹!«

Er schlug seinen Koffer zu, riß ihn vom Tisch, packte sein Handy und wollte hinaus.

Doch mitten in der eleganten Bewegung stockte Rudolf.

In der Tür stand die Gans und schaute ihn mit glänzenden Augen an. Dann schnatterte sie aufgeregt. Unter dem Tisch jaulte Grönemeyer auf und sprang Rochus Fuchs vor Schreck auf den Schoß.

Helga stammelte: »Aber ... dann hat er die Gans ja gar nicht ... gefressen ...«

Auch Pfeifenberger reagierte perplex: »Wahrscheinlich ... sie war wohl in der Dusche ... versteckt ... oder hinter der Toilette. Ich hätte überall nachsehen müssen.«

Rochus betastete vorsichtig die Nase Grönemeyers, und Grönemeyer jaulte so laut, daß die Gans entnervt ihren Kopf schüttelte.

Rudolf nickte stolz. »Tjaa, Jolanthe, ist eben eine besondere Gans.«

»Quatsch!« widersprach Pfeifenberger. »Der Köter ist so blöd wie sein Herrchen.«

Helga rief spitz auf: »Rochus! Sag doch was!« Aber Rochus streichelte nur versonnen den Kopf von Grönemeyer und flüsterte: »Ich will nach Hause!«

Schmalenbach hingegen war zufrieden: Der Abend, der so schrecklich für ihn begonnen hatte, hatte doch noch eine angenehme Wendung genommen. »Laß uns gehen!« forderte er Elke freundlich auf. Erstaunlicherweise widersprach sie nicht, sondern lächelte ihn an und stand sofort auf.

»Moment, Leute!« hielt Pfeifenberger die beiden auf. »Ich habe euch zur Weihnachtsgans geladen, und wir werden eine

Weihnachtsgans essen – und wenn ich dem Vogel den Hals mit dem Brotmesser durchsäbeln muß ... Pfeifenberger verlädt seine Gäste nicht.«

Schmalenbach winkte müde ab. »Wir wollen nicht mehr – wir wollen keine Gans essen, vor allem nicht Jolanthe.«

»Nein, wollen wir nicht!« pflichtete ihm Elke bei, sie packte Schmalenbachs Hand und drückte sie ganz fest, obwohl sein Handschweiß sie sonst immer abschreckte.

Als Schmalenbach und seine Liebste die Wohnungstür hinter sich zugeschlagen hatten, hörten sie, wie Rudolf und Pfeifenberger sich anschrien. Im Hausflur ging das Licht aus. Elke hielt Schmalenbach zurück, als er zum Minutenschalter wollte. »Was ist?« fragte er.

Sie zog ihn zu sich heran und küßte ihn. »Frohe Weihnachten!« sagte Elke.

»Frohe Weihnachten!« sagte auch Schmalenbach. Sie küßten sich noch einmal, und Schmalenbachs Magen knurrte laut, was ihm peinlich war, obwohl die beiden sich schon sechs Jahre kannten.

Als sie aus dem Haus traten, schneite es. Über der Stadt lag eine dünne, jungfräuliche Schneedecke. Schmalenbach und Elke waren die ersten, die Fußabdrücke auf dem Trottoir hinterließen. Sie lachten, als sie zu ihrem Wagen gingen, der einen Block weiter parkte.

Plötzlich blieb Schmalenbach stehen und sagte: »Schau mal!«. Er zeigte auf die andere Straßenseite. Dort hielt ein VW-Bus mit laufendem Motor in der zweiten Reihe. Auf der Flanke des Wagens stand in gotischen Lettern »Hobbitsmühle«, daneben sah man eine schlecht gezeichnete Mühle, hinter der eine überlebensgroße Gans hervorschaute.

Schmalenbach schimpfte leise: »Der Biobauer läßt den Motor laufen – und das an Weihnachten.« Im Seitenfenster des VW-Busses glimmte eine Zigarette auf.

»Da sitzt jemand drin, deshalb läuft der Motor«, erklärte Elke. »Wegen der Heizung.«

Normalerweise wäre Schmalenbach weitergegangen – aber an Heiligabend wollte er kein Feigling sein, wenigstens an Heiligabend wollte er etwas für die Umwelt tun. Er ging über die Straße und klopfte an die Seitenscheibe des Wagens.

Elke blieb zurück, ihr war kalt, und sie empfand Schmalenbachs plötzlichen Eifer als störend: Sollte er sich doch das ganze Jahr über penibel aufführen und wenigstens an Heiligabend fünf gerade sein lassen.

Sie lief wegen der Kälte ein paar Schritte. Dann hatte Schmalenbach sie wieder eingeholt. Er war wütend, offensichtlich war sein Vorstoß mißlungen. »Sitzt da drin und pafft und sagt, ihr Mann hat ihr verboten, den Motor abzustellen, weil der Fahrersitz nicht kalt werden darf.«

»Rudolf?«

»Ja, er scheint Hämorrhoiden zu haben.«

Jetzt blieb Elke stehen und blickte auf den tuckernden VW-Bus zurück. »Aber dann hat er gelogen ... Ich meine, wenn seine Frau unten im Wagen sitzt und raucht und sich nicht mal traut, ohne seine Erlaubnis den Motor abzustellen, dann hat Rudolf die Pfeifenbergers belogen.«

Schmalenbach wollte zu seinem Wagen, sein Magen knurrte wieder. »Komm! Vielleicht hat Hühner-Hugo noch offen?«

Elke aber wollte zurück. »Das ist eine Entführung, verstehst du denn nicht?!«

»Eine Entführung? Wer soll denn entführt werden?«

»Jolanthe!«

»Wer?«

»Die Gans, Schmalenbach. Und jetzt beeil dich! Da oben, bei Pfeifenbergers, da kannst du zeigen, ob du Mumm hast.«

Sie klingelten Sturm. Carola öffnete. Sie strahlte. »Schön, daß ihr es euch noch mal überlegt habt!«

Als sie ins Zimmer traten, stießen Pfeifenberger und Rochus gerade mit Rudolf an. Die drei tranken Grappa. Rudolf hatte die Gans Jolanthe auf dem Arm. Helga hatte die Schuhe ausgezogen und die Füße auf einen Stuhl gelegt, sie trank den Rotwein aus der Flasche. Grönemeyer schlief mit triefenden Augen in der sichersten Ecke des Raumes. Der Plattenspieler spielte »Ihr Kinderlein, kommet«.

Rudolf stellte sein Glas ab und nickte jedem grüßend zu. Er wollte gehen. Schmalenbach trat ihm in den Weg. »Die Gans bleibt hier!«

Elke rief: »Eine Entführung. Unten im Wagen sitzt seine Frau.«

Rudolf lachte: »Was soll das?! Ich habe 100 Mark bezahlt für die Gans, macht einen Bilanzverlust von 50 Mark!«

»Und wieso haben Sie gelogen? Wieso haben Sie behauptet, ihre Frau säße ahnunglos zu Hause und sie hätte die Gans aus Eifersucht an Carola Pfeifenberger verkauft?« fragte Elke hart.

Rudolf sah sich verlegen im Zimmer um. »Ich dachte, die Geschichte mit der Eifersucht und so und daß Rosel die Gans hinter meinem Rücken verkauft hat, naja, ich dachte, das ist genau das Richtige für Heiligabend!«

Jetzt war auch Pfeifenberger wütend: »Als ob wir sowas nötig hätten! Carola, du gehst mir nicht mehr in diese ›Hobbitsmühle‹!«

Grönemeyer wachte auf, öffnete sein Maul zum Bellen, sah die Gans auf Rudolfs Arm und verbarg seinen Kopf schnell wieder unter der angewinkelten, rechten Vorderpfote. Jolanthe, die Gans, gähnte und biß Rudolf ins Ohr. Rudolf schien das nichts auszumachen, er wollte nur weg, aber Schmalenbach gab die Tür nicht frei.

»Gut!« gab Rudolf kraftlos zu. »Das mit Rosel – das war gelogen, sie ist nicht mal auf Karin Müller-Wipperfürth eifersüchtig, und mit der war ich letztes Jahr sechs Wochen auf den Kanaren ...«

»Hier sind Damen im Raum, und es ist Heiligabend!« wies Pfeifenberger ihn zurecht. »Also – was soll das alles?«

Rudolf schien einzusehen, daß es keinen anderen Ausweg mehr für ihn gab. »Es ist so, auf dem Biobauernkongreß im Berliner ICC habe ich die Bekanntschaft von Rohlinger und Weidig gemacht und sie kurzerhand für den Ersten Weihnachtsfeiertag auf die ›Hobbitsmühle‹ eingeladen. Die beiden sind Singles – und Singles haben doch immer dieses Weihnachtsproblem.«

Rudolf machte eine Pause, um das Gesagte wirken zu lassen. Offensichtlich war er der Meinung, die genannten Namen sprächen für sich.

»Na und?!« fragte Pfeifenberger ungeduldig.

»Rohlinger und Weidig. Die Chefdisponenten von ›Demeter‹. Der Biobauer, der die beiden auf seiner Seite hat, ist ein gemachter Mann! Natürlich haben die beiden gezögert. Sie verstehen: Die ›Hobbitsmühle‹ ist nicht der einzige Anwärter, der Rohlinger und Weidig an Weihnachten gerne aufnehmen würde ...«

»Wer denn sonst noch?« fragte Helga arglos.

Rudolf wurde laut: »Jeder Biobauernhof in Deutschland reißt sich darum. Keinem von uns geht es besonders gut ... Sie wissen, die EG-Richtlinien und dann der Preiskampf und die negative Propaganda ... viele von uns müssen heimlich halbtags in Großviehhaltungen und Legebatterien arbeiten, um über die Runden zu kommen ...«

»So schlimm steht's um euch?« fragte Carola.

»Schlimmer!« antwortete Rudolf und senkte den Kopf.

»Aber was hat das alles mit der Gans zu tun?« wollte Elke wissen.

Rudolf klang fast ein bißchen stolz: »Seit ihrer frühen Jugend haben Rohlinger und Weidig keine Weihnachtsgans mehr gegessen. Sie werden zwar an Weihnachten von Biobauer zu Biobauer gereicht, zum schönsten Fest des Jahres bekommen die Armen aber bloß Hafergrütze und Nüssemüsli vorgesetzt.«

»So schlimm wird's schon nicht sein!« sagte Schmalenbach, er dachte an das Fünf-Gänge-Menü, das er beim letzten Betriebsessen im vegetarischen Restaurant »Pfifferling« genossen hatte.

»Sie haben ja keine Ahnung!« entgegnete Rudolf düster. »Auf jeden Fall sitzen Rohlinger und Weidig morgen früh um halb zwölf bei mir am Tisch und warten mit den Bestecken in den Händen auf ihre Weihnachtsgans. Deshalb werden Sie verstehen, ich muß jetzt los, es gilt immerhin, noch einige Vorbereitungen zu treffen! Das ist die Chance meines Lebens.« Er umging Schmalenbach wie ein geübter Trippler und war schon im Flur, als Pfeifenberger schrie: »Halt! Die Gans bleibt hier!«

Auf dem Flur antwortete Rudolf laut: »Ich habe sie bezahlt.« Dann hörte man, wie er die Wohnungstür öffnete. Rochus Fuchs stand plötzlich kerzengerade im Zimmer und gab dem Cockerspaniel Grönemeyer einen Befehl: »Grönemeyer, faß!«

Grönemeyer schaute kurz auf, jaulte und rollte sich wieder ein.

Helga sagte laut: »Blödmann!«

Rochus Fuchs wurde wieder rot und wollte gerade fragen, wen sie meine: ihn oder Grönemeyer, da war auf dem Flur ein Schmerzensschrei zu hören. Etwas Schweres fiel zu Boden. Kurz darauf watschelte die Gans zufrieden ins Zimmer zurück. Sie schnatterte nach allen Seiten und sprang – kurz und nur symbolisch flatternd – auf einen freien Stuhl.

»Ich glaube, sie fühlt sich wohl bei uns«, erklärte Carola freudig.

Rudolf stand wieder in der Tür. Mit zwei Händen betastete er seine Nase, dicke Blutstropfen tropften von seiner Nasenspitze aufs Parkett. Rudolf war bleich und den Tränen nahe: »Das Mistvieh hat mir in die Nase gebissen!«

Pfeifenberger wuchs zur Überlebensgröße, er trat auf den schmächtigen Rudolf zu und donnerte: »Hinaus!«

Rudolf drehte sich auf der Stelle um und floh aus der Wohnung.

Als er die Haustür hinter sich zuschlug, legte die Gans ihren Schnabel auf die Tischkante.

»Süß, nicht wahr?!« sagte Carola und küßte die Gans auf ihren weichen Hals.

Das Eis war gebrochen. Sie setzten sich an den Tisch und prosteten sich zu. Dann wünschten sie erst der Gans und anschließend sich untereinander »Frohe Weihnachten«.

Pfeifenberger legte wieder »Süßer die Glocken nie klingen« auf, und Carola ging hinaus, um den Rotkohl zu holen, der eigentlich als Beilage zur Gans gedacht war – aber nun wurde er kurzerhand zum Hauptgericht erklärt, denn die Gans wollte natürlich keiner mehr essen.

Während alle heißhungrig auf den Rotkohl warteten, klingelte es noch einmal an der Wohnungstür. Sie hörten, wie Carola öffnete, Stimmen überschlugen sich, dann wurde es still, Carola lief in die Küche zurück, schien aber kurz darauf wieder an der Tür zu sein. Sie lachte kurz und hell auf und schloß die Tür.

Als sie wenig später den Rotkohl auftrug, fragte Pfeifenberger betont beiläufig: »Was war denn noch?«

»Rudolf wollte seine hundert Mark wiederhaben«, antwortete Carola ruhig. »Ich hatte Mitleid mit ihm, schließlich ist Heiligabend. Ich habe ihm die vier eingefrorenen Schweinekoteletts gegeben – damit Rosel, Rohlinger, Weidig und er auch was Gutes zu Weihnachten haben. Er war ganz gerührt.«

Carolas weise Entscheidung wurde einhellig begrüßt. Dann holte Helga einen Unterteller aus der Küche. Sie taten der Gans etwas Rotkohl auf den Teller, bliesen ihn kalt und stellten ihn vor ihr an der Tischkante ab. Die Gans schnupperte erst etwas wählerisch auf dem Tellerchen herum, dann aber packte sie einen dicken Strunk, hob ihn hoch und verschlang ihn – mehrmals kräftig schluckend.

Die sechs Menschen schauten staunend zu, wie der Rotkohlstrunk langsam und gleichmäßig den schönen, weißen Hals der Gans hinunterwanderte.

Als er unten angekommen war, die Gans zufrieden ihren Schnabel aufklappte und züngelte, klatschten alle Beifall.

Die Gans schnatterte hocherfreut und schaute dankbar in die Runde.

SHEL SILVERSTEIN

Standpunkt

Das Weihnachtsessen schmeckt nicht mehr,
Silvester ist auch nicht mehr schön,
versuchst du das mal aus der Sicht
von Gans und Karpfen anzusehn.

Das Sonntagsessen ist erbärmlich,
beim Osteressen wird dir mies,
wenn du das Ganze mal vom Standpunkt
der Ente und des Hähnchens siehst.

Ach, ich liebte Putenschnitzel,
knusprig, zart und angenehm,
bis ich aus der Sicht des Bratens
anfing, auf den Tisch zu sehn.

FRANZ HOHLER

Das Marzipanschwein

In einer Konditorei war um das Jahresende herum ein Marzipanschwein ausgestellt. Einmal sah es durch das Schaufenster, wie auf einem Lastwagen richtige Schweine vorbeifuhren.

»Die werden geschlachtet«, sagte eine Rübentorte, »und dann ißt man sie auf.« Da atmete das Marzipanschwein ganz tief.

»Zum Glück«, dachte es, »blüht mir kein solches Los.«

Und es stellte sich vor, wie es noch lange in diesem Fenster stehen und alles beobachten würde, was auf der Straße vorging, und wie sich vielleicht einmal ein zweites Marzipanschwein zu ihm gesellen würde und wie sie dann zusammen kleine Marzipanschweinchen haben würden, denen es alles erzählen würde, was es wüßte, und es freute sich ungemein auf ein langes und erfülltes Leben.

Bringst du es jetzt noch fertig, dieses Marzipanschwein zu essen?

ANNA PETERS

Ein Ferkel als Weihnachtsgeschenk

Mia bekam von Hannes ein Ferkel geschenkt. Rosarot und possierlich saß es unter dem Christbaum.

»Ein Ferkel ist doch kein Weihnachtsgeschenk!«, rief Mia ärgerlich aus.

»Es ist ein besonderes Ferkel«, sagte Hannes. »Du wirst schon sehen.«

Weil der Stall, den Hannes für das Ferkel zimmerte, noch nicht ganz fertig war, schlief es in der Küche in einer großen Kiste.

Doch nachts fing es laut an, zu quieken, so jämmerlich, dass es Mia leidtat. »Es wird einsam sein«, sagte sie und stellte die Kiste mitsamt dem Ferkel ins Schlafzimmer.

Das Ferkel stieg aus der Kiste und legte sich zu Mia und Hannes ins Bett.

»Es ist wirklich ein besonderes Ferkel«, sagte Mia zu Hannes. »Es wird schon richtig zutraulich. Aber ein richtiges Weihnachtsgeschenk ist es trotzdem nicht.«

»Du wirst schon sehen«, sagte Hannes.

Am Weihnachtsmorgen schien die Sonne zum Fenster herein. »Ist das ein Sauwetter an Weihnachten!«, quiekte das Ferkel und rieb sich die Augen.

»Wieso Sauwetter?«, fragte Hannes. »Die Sonne scheint doch.«

»Das sage ich ja. Es ist ein Wetter, das jeder Sau gefällt.«

»Es kann reden«, sagte Mia. »Dein Geschenk ist vielleicht doch nicht ganz so schlecht, wie ich anfangs dachte. Wenn ich allein daheim bin, kann ich mich wenigstens unterhalten.«

Zu dritt standen sie auf und frühstückten. Es gab frische Semmeln, ein paar Lebkuchen und Äpfel vom Christbaum.

»Ein Saufraß!«, grunzte das Ferkel befriedigt und wischte sich die letzten Krümel vom Rüssel.

»Hat dir das Frühstück nicht geschmeckt?«, fragte Mia.

»Doch, das sage ich ja«, entgegnete das Ferkel. »Ein Fressen, das jeder Sau schmeckt. – Und überhaupt fangen die schönsten Wörter mit SAU an: Sau-erkraut, sau-fen, Sau-sewind.«

»Es kann nicht nur reden, sondern auch überlegen«, sagte Mia. »Dein Geschenk gefällt mir immer besser.«

Das Ferkel spazierte in den Hof hinaus. Draußen lag Schnee und es war glatt.

»Saukalt und sauglatt!«, schrie das Ferkel glücklich, nahm Anlauf und sauste dann auf seinem dicken Hinterteil über den Hof. Als es endlich wieder auf seinen vier Beinen stand, grunzte es zufrieden: »Das war saugut! Ich habe schon immer gewusst, das Leben ist eine wunderbare Sauerei.«

»Gefällt es dir nicht?«, fragte Mia erschrocken, die aus dem Haus kam.

»Aber doch, das sage ich ja gerade«, antwortete das Ferkel. »Besser kann es überhaupt nicht sein.«

»Stimmt«, sagte Mia. »Besser kann es nicht sein. Und das gilt auch für mein Weihnachtsgeschenk!«

Aus dem kleinen Ferkel wurde ein großes und rundes Schwein, das zu viel zu gebrauchen war. Es fraß alle Abfälle und suchte Trüffel im Wald, die alle gern aßen. Man konnte sich immer gut mit ihm unterhalten. Später, als Mia und Hannes Kinder hatten, passte es auch auf sie auf.

»Macht nur eine ordentliche Schweinerei«, sagte es immer zu ihnen, »dann habt ihr im Leben viel Spaß.«

Und das hatten die Kinder.

»Dieses Ferkel ist wirklich einmalig«, sagte Mia zu Hannes. »Es war wirklich das beste Weihnachtsgeschenk aller Zeiten.«

Natürlich wurde das Schwein nie geschlachtet. Es saß jedes

Jahr, solange es lebte, an Weihnachten unter dem Christbaum. Schließlich konnte es sogar ein paar Weihnachtslieder. Es grunzte die Lieder auf seine Art und Weise.

CHRISTINE NÖSTLINGER
Diesmal: Languste oder Lachs?

Die Weihnachtswünsche der Lieben hat die Hausfrau so gut wie möglich zu erfüllen, und das gilt nicht nur für die Packerln unter dem Christbaum, das gilt auch fürs Weihnachts-Festmahl, und da die Essenwünsche der Lieben so unterschiedlich wie ihre Packerl-Wünsche sind, muss die »Harmonisierung« der Gaumenfreuden ordentlich geplant werden, was kein Kinderspiel ist. So blättert der hilfreiche Ehemann im Kochbuch und sagt: »Der Lachs da, auf Blattspinat mit Parmesan-Béchamel, der wäre ideal!«

Sicher wäre er ideal! Aber leider verabscheut die eine Tochter Spinat in jeglicher Form, den Defekt hat sie seit Babytagen, und der anderen Tochter graust vor Béchamel.

So blättert der Ehemann entsagend um, hält der Ehefrau das Foto eines knusprigen Entleins unter die Nase und sagt: »Dagegen kann niemand was haben!«

»Dagegen hat mein Backrohr was!«, erwidert die Ehefrau, denn für Gemahl, Töchter, Schwiegersöhne, Oma, angereiste Kusine und am 24. 12. stets zu Gast weilenden Hausfreund bräuchte es vier Entlein, und die gehen ins Haushalts-Backrohr leider nicht rein.

»Dann frag halt die Kinder«, sagt der Ehemann und klappt resigniert das Journal zu.

»Kann ich mir sparen«, sagt die Ehefrau. »Von denen höre ich doch nur, dass ihnen alles recht ist!«

»Dann kannst ja eh den Spinat-Béchamel-Lachs machen«, sagt der Ehemann hoffnungsfroh.

»Das sagen sie doch nur, weil sie wissen, dass ich nie was koche, was sie nicht mögen«, erklärt die Ehefrau.

»Dann koch was, von dem du weißt, dass sie's gern essen«,

sagt der Ehemann und schaut drein, als denke er: Auf meine Wünsche kommt es sowieso nie an!

Die Ehefrau seufzt und sagt: »Die Kinder haben sich auch beim Essen total auseinander entwickelt, da gibt es außer Joghurt kaum was, was sie beide gleichermaßen mögen.«

»Wie wär's mit Langusten?«, fragt der Ehemann. »Einmal im Jahr kann man sich die schon leisten, und die Schwiegersöhne schwärmen doch von ihnen so!«

»Dann isst aber die Oma keinen Bissen«, sagt die Ehefrau.

So geht die Debatte tagelang weiter und dreht sich im Kreise, bis – wie jedes Jahr – etliche Tage vor Weihnachten die Oma anruft und sagt: »Das Kälberne für die Schnitzel habe ich wieder beim Bio-Bauern bestellt, er liefert's euch am Dreiundzwanzigsten!« Womit – wie jedes Jahr – die Debatte ums Festessen beendet ist, denn dass zu Weihnachten Schnitzel mit Erdäpfel-/Vogerlsalat zwischen Räucher-Forelle und Schoko-Roulade serviert werden, ist seit 30 Jahren klar, und die geringste Abweichung erschiene allen am Tische Weilenden als unverzeihlicher Traditionsbruch.

KATJA HUBER

Fisch oder Freund?

> Every sailor, salmon, every carp
> will follow rivers to the source
> *Final Fantasy, »If I Were a Carp«*

Sonntag, 23. Dezember, 14 Uhr. Weine nicht! sagt sich Weber. *Everything's gonna be cool this christmas!* singen die Eels seit fünf Stunden durch die gesamte Wohnung, und weniger als fünf Stunden sind es bis Freunde-Weihnacht, aber die coolste Weihnachtsaktion hat Weber bereits gestern Vormittag gebracht.

24 Stunden nach der uncoolsten Weihnachtsaktion seiner zwei besten Freundinnen:

»Herr Weber, wenn du uns wirklich lieb hast, dann entwickle dich gefälligst weiter! Richtig wachsen kann man nur an neuen Aufgaben, wirklich!«

»Herr Weber, du bist unser Mann, aber deine Musik wiederholt sich!«

Natürlich war er erst mal tief getroffen, als Frau Mora und Frau Scholz ihm vorgestern eröffnet hatten, dass er diesmal nicht für die Musik, sondern fürs Essen zuständig sei. Natürlich hat er sich gefragt, was er jetzt mit dem fast schon fertiggestellten X-Mas-2007-Sampler – Arbeitstitel: »Seven years of panic, seven years of joy« – macht. Aber natürlich hat sich in seinem Thalamus auch für den Bruchteil einer Sekunde die Familienweihnachtsfratze gezeigt. Die ihm seine Mutter von Jahr zu Jahr mit einem Quäntchen mehr Verbitterungsmimik präsentiert. Du-hast-keine-Weihnachtsliedertexte-kopiert-Blicke und Seit-wann-findet-die Bescherung-nach-dem-Essen-statt-Blicke, die er von Jahr zu Jahr erfolgreicher ignoriert. Wieso sollte also ausgerechnet er, der Wertewandler, dieses Jahr vor seinen Freundinnen die Mutter geben?

Die coolste Weihnachtsaktion: Lebendtransport des Weihnachtsmahls vom Viktualienmarkt zur Wohnung. Auf dem Rad. Im transparenten DJ-Koffer. Am helllichten Tag.

Dem Mann hinter der Fischtheke erklärt, dass diese Art von Aquarium am besten über eBay zu beziehen sei.

Den Weihnachtssonnenbrillen vor der Coffee-Company am Gärtnerplatz klar gemacht, dass *Karpfen to go* das neue Ding ist.

Im Beisein der traurigen Tanja, die, wie immer, wenn sie in seiner Nähe auftaucht, aus dem Nichts aufgetaucht ist, laut darüber nachgedacht, ob Fischmob und Fischerspooner auch als DJ-Namen geschützt sind. »Hallo, das war ein Wi-itz!« gesagt, Tanja beim Nichtlachen zugesehen. (Aber die wird ja auch von Tag zu Tag trauriger und wahrscheinlich auch tiefsinniger, und an den Humor von Frau Mora, Frau Scholz und ihm ist sie selbst in für Tanjas Verhältnisse lustigen Zeiten nie herangekommen, deshalb hat er ja auch letztes Jahr gerade noch rechtzeitig vor Freunde-Weihnacht mit ihr Schluss gemacht.) »Wahnsinn, ein Jahr ist das schon wieder her?« gesagt. Ein trauriges »Sind das eigentlich Spiegelkarpfen?« mit »Ja, ja, Spiegelkarpfen – ich muss dann mal!« beantwortet und der traurigen Tanja ein lustiges Fest gewünscht.

Losgeradelt, von hinten ein sehr leises »Ich lieb' dich immer noch!« gehört, gegen seinen Willen und für-was-eigentlich? eine Vollbremsung gemacht, die Karpfen ganz schön ins Schwanken gebracht, »Wie bitte?« gefragt. »Das war auch ein Wi-itz!« gehört, nicht gelacht, noch mal losgeradelt, diesmal ohne »lustiges Fest!«

»Karpfe diem!«, ruft er jetzt durch den Duschvorhang den vier Fischen zu, die seit gestern in seiner Badewanne schwimmen. Und überlegt, wie er sie heute Abend präsentieren wird. Zum Aperitif wird auf jeden Fall die Lebendtransportgeschichte serviert. Den Verkäufer wird er dabei etwas beeindruckter blicken, die Sonnenbrillen wird er etwas irritierter glitzern lassen, die traurige Tanja wird noch ein bisschen trauriger werden, denn schließlich war es ja nicht er allein, den sie mit ihrer Trauer genervt hat. Im Grunde haben ihn ja erst Frau Scholz und Frau Mora drauf gebracht, dass Tanja nicht zu ihm passt. Ihren Witz, den sowieso keiner lustig fände, wenn er ihn schon nicht für lustig gehalten hat, wird er verschweigen. Richtig heiter also wird seine Lebendtransportgeschichte sein. Außerdem hat er den Fischen Namen gegeben. Mora heißt der mit dem größten Mund, Scholz der mit den längsten Barteln.

Weber zieht den Vorhang zur Seite, zeigt aufs Großmaul, verbeugt sich, imaginiert sich Frau Mora an den festlich gedeckten Weihnachtstisch und probiert »Gestatten, Mora, Frau-im-Spiegel-Karpfen«! Schon glaubt er, Frau Scholz kichern zu hören, sieht sich Frau Mora auf die Schenkel klopfen, aber ... nein, es ist still. Totenstill. Lautlos gleiten die vier Fische durchs Wasser, und wenn Weber den Blick richtig deutet, den ihm der kleine Blasse jetzt zuwirft, wird er gerade so tief verachtet, so leidenschaftlich gehasst und für so humorlos gehalten wie nie zuvor. Und das ausgerechnet von Milchner. »Milchner, halt's Maul!«, schreit Weber. *Everything's gonna be cool this christmas!* schlängeln sich die Eels in seinen Gehörgang, er grinst die Karpfen an, flüstert »Tja, für *Aale* schon!«, aber selbst Weber, sein Mann-Im-Spiegel-Karpfen wendet sich in der Wanne von ihm ab, Mora und Scholz sind mit Maulen und Barteln beschäftigt, und Milchner schlägt nur müde mit der Schwanzflosse.

Schlag du nur, denkt Weber jetzt nur, denn mit Fischen redet man nicht, schon gar nicht mit Speisefischen, und Antworten erwartet man sowieso keine. Schlag du nur um dich, etwas anderes bleibt dir sowieso nicht übrig. Und eingeplant warst du auch nicht. Weber zieht den Duschvorhang wieder vor die Wanne und merkt, dass er wütend ist. Weniger auf die kalten

Bartel-, Maul- und Blässe-Wunder, weniger auf den Selbstverleugnungs-Weber in der Wanne als auf Frau Scholz, Frau Mora, ihren vermutlich völlig humorlosen Milchner-Anhang und sich selbst.

Kein Problem, Weber ist neuen Aufgaben gewachsen. Kochen ist auch nur Gefühlssache, wieso sollte er also schlechter auftischen als auflegen? Karpfen töten kann und will er sogar. Aber warum haben Frau Scholz und Frau Mora das alles beschlossen, ohne ihn vorher auch nur einmal nach seiner Meinung zu fragen? Sechs Jahre am Stück hat er für sie erfolgreich den Freunde-Weihnachts-DJ gemacht, nur damit sie ihm im siebten Jahr irgendeinen Doofi in die Wohnung setzen, der alles mit seinem Doofi-Musik-Geschmack okkupiert, wieso fällt ihm jetzt eigentlich nur noch »Doofi« ein? Dieser Milchner wird fertiggemacht heute Abend, zerstört wird der, aber dazu muss Weber verdammt geistreich sein. »Doofi« gilt da nicht. Also, was weiß er eigentlich von diesem Milchner?

»Wieso Milchner?«, hat Frau Scholz gestern Abend ins Telefon gekichert. Soviel sie wisse, heiße er Milo von Porsche, nein, *kicher, kicher, kicher,* so heiße er natürlich auch nicht, so nenne sie ihn nur, heimlich. Miloš heiße er, wie slawisch »mily«, also »lieb«. Und lieb oder zumindest niedlich sei er, wenn auch ein bisschen klein und ein bisschen sehr blass. Und ein bisschen sehr sehr reich. Glaubte Frau Scholz.

»Milosch legt superauthentisch auf, sieht superaristokratisch aus, und er liebt mich. Aber kle sorge: Er ist nur ml freund, an euch kommt er nicht ran!«, hat Frau Mora gestern Nacht als 150-Zeichen-SMS-Bulletin an Weber und Frau Scholz gesandt.

»Aber es ist doch Weihnachten, Freunde-Weihnacht!«, hätte Weber den beiden gerne in ihre von fremder Niedlichkeit mild geplätteten Gesichter geschrieen, und »drei Karpfen – das ist wie drei Spatzen, drei Musketiere, drei heilige Könige, drei Freunde«, hätte er gesagt, beinahe.

»Wie drei Freunde«, murmelt Weber jetzt, rafft den Duschvorhang zusammen, versenkt sein Gesicht in Plastik, das irgendwie nach Fisch riecht, hört die Eels singen:

As days go by the more we need friends / And the harder they are to find / If I could have a friend like you all my life / Well I guess I'd be doin' just fine – und wundert sich. Darüber, dass der Duschvorhang auch von außen nass ist. Dass ihn das alles so mitnimmt und was-eigentlich? Dass Milchner, ein müder, blasser Karpfenweibchen-Begatter, heute die Musikauswahl haben wird?

Das wird doch nicht so schlimm sein, alles.

Das ist doch nicht so schlimm, alles.

Schlimm ist etwas ganz anderes, Weber!

Trotzdem. Inzwischen riecht er nicht nur, er schmeckt, der Duschvorhang. Nach Salzfisch. Und es klingelt.

Weber wirft einen Blick in die Wanne. Die Karpfen reagieren nicht. Nicht auf seine Blicke, nicht auf – Schon wieder Klingeln. Auf dem Weg durchs Wohnzimmer erlöst er die Stereoanlage von der Endlosschleife und die Aale schleichen sich.

Er öffnet die Tür. Vor der steht Tanja, die traurige Tanja, die aber gar nicht traurig aussieht, wie sie da vor der Tür steht. Schmutzig sieht sie aus. Und rein lächelt sie. In seine Wohnung.

»Wo kommst du denn her?«, fragt Weber. »Aus dem Nichts?«, will er fragen, aber für wen eigentlich fragen, fragt er sich und mustert Tanja, die schmutzig ist.

Schmutzflecken hat sie im Gesicht, auf Hose, Pullover, Parka. Ihre Hände rot, erfroren rot, und so was von schmutzig sind die Fingernägel, dass es schon fast eklig wäre, wenn ... wenn nicht ...

»Sag ich nicht!«, sagt Tanja, und Weber muss erst mal überlegen, was er eigentlich gefragt hat.

»Auf jeden Fall habe ich ein Weihnachtsgeschenk für euch!«,

sagt sie, zieht eine Plastikbox aus der Parkatasche und streckt sie ihm entgegen.

»Für uns?«, fragt Weber, und nimmt die Box.

»Nicht weinen!«, sagt Tanja und nimmt seine Hand.

»Ich weine nicht!«, sagt Weber. »Ich schwitze! Und du bist dreckig!« Zieht seine Hand aus ihrer.

»Lüg nicht!«, sagt Tanja, und betritt seine Wohnung. »Ooooooh!«, sagt sie, und am »Ooooooh!« kann er ganz eindeutig die Tanja ausmachen, die traurig ist.

»Was Ooooooh?«, fragt er, und Tanja deutet auf den festlich gedeckten Tisch. Flüstert: »Gäste!«

»Nein!«, sagt Weber. »Oder doch!«, sagt er. »Aber erst viel später.«

»Mach es auf!«, sagt Tanja, und wirft ihren Drecksparka auf den Tisch. Glas klirrt auf Porzellan, aber Tanja stört das nicht. Ernst und schmutzig starrt sie auf die Box, und als Weber diese öffnet, lächelt sie rein. In die Box. Auf kleine Schnecken. Und große Würmer. »Weihnachtsgaben – selbst gesammelt und ausgegraben!«, sagt sie. Falls sie ihren Stolz spielt, spielt sie ihn gut.

»Auch ein Wi-itz?«, flüstert Weber, und »Was?«, fragt Tanja. Ihre Augen leuchten dabei. Nicht traurig, aber auch nicht nach Witz. »Darf ich?«, sagt sie auf dem Weg ins Badezimmer. Weber nimmt den Parka vom Tisch, stellt das Sektglas wieder auf, fegt kleine Erdklumpen von der Tischdecke, und jetzt braucht er nicht mal mehr die Eels, um sich einsam zu fühlen, hier im Wohnzimmer.

Bleibt nur die Flucht. Ins Badezimmer, in dem drei stille Karpfen geduldig einem vierten dabei zusehen, wie er sich streicheln lässt. Von Tanja.

»Der kleine Blasse bin ich!«, sagt sie.

»Bist du nicht!«, sagt Weber. »Das ist Milchner, ein aristokratischer Riesenarsch!«

»Wisst ihr, dass bald Weihnachten ist?«, flüstert Tanja den Karpfen zu, und falls die es bis jetzt nicht gewusst haben sollten, wissen sie es jetzt, da ist sich Weber plötzlich ganz sicher.

»Kann ich ihnen mein Geschenk jetzt schon geben? Wenn deine Gäste kommen, bin ich ja wieder weg, und morgen sind die Würmer längst vertrocknet ...«, sagt Tanja.

Morgen, denkt Weber, morgen sind die Karpfen längst ... Er legt die Box auf den Wannenrand.

»Wie viel Zeit bleibt uns noch?«, will Tanja von Weber wissen. Jetzt, da der endlich begriffen hat, dass sie nicht begreift, was er mit den Karpfen vorhat, begreift er nicht, was sie mit ihm vorhat. »Ein bisschen schon noch!«, sagt Weber.

»Genügend Zeit für ein schönes Adventserlebnis?«, fragt Tanja.

»Ein schönes Adventserlebnis?«, murmelt Weber. Keine coole Weihnachtsaktion, fällt ihm auf. »Genügend!«, sagt er.

»Dann drehen wir den Warmwasserhahn auf.« sagt sie.

»Dann drehen wir ihn auf«, wiederholt Weber, geht in die Knie und spürt, dass er bereit ist, alles zu wiederholen und alles zu machen, solange er hier in seinem Badezimmer sitzen darf, ohne sich dabei einsam zu fühlen. »Den Warmwasserhahn«, sagt er und ist selbst verwundert darüber, dass es aus seinem Mund kommt, als wisse er, was es zu bedeuten hat.

»Kalt genug, dass sich die Karpfen wohl fühlen, warm genug, dass auch du es aushältst.« sagt Tanja und dreht langsam den Kaltwasserhahn auf.

»Wir zusammen ...?«, fragt Weber.

»*Ihr*, nicht *wir*!«, sagt Tanja. »*Ihr* müsst euch die Wanne teilen. Das hättest du dir überlegen können, bevor du dir vier Fische zulegst, Weber, hör endlich zu weinen auf!«

»Ich weine nicht!«

»Du lügst!«

»Auf jeden Fall bin ich nicht traurig!«

»Wieso auch?«

»Und einsam schon gar nicht, weil ... wir jetzt doch zusammen in die Wanne steigen?«

»Du erwartest Gäste!«

»Nicht mehr.«

»Der Tisch ist schon gedeckt.«

»Ich habe vergessen einzukaufen.«

»Lüg nicht!«

»Vielleicht hab ich einfach nur das Falsche eingekauft?«

»Lüg nicht!«

»Vielleicht habe ich ...«

»Hast du nicht!«

»... einfach nur ...«

»Vielleicht!«

Es klingelt, draußen am Ufer. Ein Handy. Sein Handy. Die Karpfen reagieren nicht. Weber auch nicht.

»Geh ran!«, sagt Tanja.

»Ich kann nicht«, sagt Weber

»Ich aber!«, sagt Tanja und beugt sich über den Wannenrand. Wieso ist es ihm nicht schon früher aufgefallen? Dass sie die längsten Arme hat, die er je an einer Frau gesehen hat. Ihr linker Arm ist so lang, dass er das Handy im Wohnzimmer erreichen kann. »Schschsch«, flüstert sie den Fischen zu, reicht Weber das Handy, taucht unter, und ihr Mund streift dabei eine Bauchflosse. Weber spürt, dass er eifersüchtig ist. Auf einen Fisch.

»Herr Weber!«, schreit Frau Scholz »Endlich gehst du ran. Kannst du mir mal erklären, wieso wir dich den ganzen Tag nicht erreicht haben?«

»Ich bin ein Karpfen«, sagt Weber.

»Genau um den geht's!«, sagt Frau Scholz nervös. Sie kichert.

»Du bist auch einer. Genauso wie Frau Mora«, sagt Weber.

Wieso ist es ihm nicht schon früher aufgefallen, dass Tanja derart lange die Luft anhalten kann?

»Hör zu, Weber, das mit dem Karpfen wird heute nichts mehr!«

»Macht nichts!«, sagt Weber.

»Wie?«, schreit Frau Scholz.

»Ich bin ein Karpfen«, sagt Weber, das Handy fällt ins Wasser, und Tanja taucht auf. Sie lacht. Wieso ist es ihm nicht schon früher aufgefallen? Dass sie kein bisschen traurig ist. »Weihnachten, Weber!«, sagt sie und ihr Mund streift dabei seinen Bauch. »Lach nicht!«

VICKI BAUM

Der Weihnachtskarpfen

Für die Lanner-Kinder fing Weihnachten am 6. Dezember an, weil das der Tag war, an dem Santa Claus kam. Natürlich wurde er in Wien nicht Santa Claus, sondern mit seinem italienischen Namen genannt: Nikolaus. Der Nikolaus war ein freundlich aussehender alter Herr mit einem gütigen Lächeln, das hinter einem langen weißen Bart versteckt war; er war mit dem Festgewand eines Bischofs bekleidet und trug einen Bischofsstab in der Hand. Das Aufregende für alle österreichischen Kinder war, daß mit dem Sankt Nikolaus – und als sein böses Pendant – ein haariger schwarzer Gefährte kam, der Ruprecht genannt wurde. Der Knecht Ruprecht war ein Teufel mit Hörnern; er hatte eine lange feurige Zunge, die aus seinem schwarzen Gesicht heraushing, und einen höllisch aussehenden Dreizack in der Hand, mit dem er böse Kinder aufspießen konnte. Lange vor Dezemberanfang konnte man Nikolaus und Ruprecht in allen Schaufenstern sehen, doch in der Nacht zum sechsten kamen sie wirklich in der Stadt an. An dem Abend stellten die Lanner-Kinder ihre Schuhe ins Fenster, ihre kleinen Hände zitterten, ihre Herzen pochten. Sie fürchteten das Schlimmste, hofften aber das Beste. Denn war man artig gewesen, würde man die Schuhe am Morgen voller kandierter Früchte, Datteln, Feigen und Nüsse finden; war man jedoch böse gewesen, würde Nikolaus den Schuh leer lassen und Ruprecht eine Birkenrute hineinstecken, um darauf hinzuweisen, daß die Eltern sie besser einmal auf dem Hinterteil gebrauchten.

Im Lanner-Haus gab es drei Kinder: Friedel, der älteste, ein kleiner wilder Kerl mit blauen Augen, schwarzem Haar und glühenden Wangen, und die Zwillinge Annie und Hans. Annie war ein fröhliches, emsiges, geschäftiges kleines Frauchen, und Hans war ihr schüchterner und ergebener Schatten. Für alle drei bedeutete der sechste Dezember nicht nur Nikolaus und Ruprecht, Süßigkeiten oder Rute, sondern viel wichtiger noch: es war der Tag, an dem Tante Mali vom Land kam. Lange Zeit betrachteten die Lanner-Kinder Tante Mali sogar beinahe als die dritte Person in dieser Dreiheit, und es war ihnen nie ganz klar, ob Tante Mali ihnen vom Himmel oder von der Hölle geschickt wurde.

Tante Mali war ein Original. Sie war groß und dünn und von solcher Geschwindigkeit und Energie, als wäre sie nicht mit dem Zug nach Wien gekommen, sondern auf einer Rakete in die Stadt geschossen worden. Soweit die Kinder sich zurückerinnern konnten, war sie immer grau und alt gewesen; aber während sie selbst heranwuchsen, verschiedene Stadien von Schulschwierigkeiten, unreiner Haut, tagträumender Adoleszenz und erster Backfischliebe durchmachten, schien Tante Mali nie einen Tag älter zu werden, als sie immer gewesen war.

Tante Mali kam vom Land; sie war tief religiös und sehr streng; sie ließ nicht zu, daß ihr widersprochen wurde, nicht einmal von Dr. Lanner, der einer der besten Chirurgen Wiens und eine Kapazität war und es selbst nicht mochte, wenn ihm widersprochen wurde. Tante Malis Launen waren von der ganzen Familie gefürchtet, und alles wurde getan, um ihren Zorn zu besänftigen. Kurz, Tante Mali war ein Diktator, lange bevor die Welt sich der Diktatur bewußt geworden war.

Erst nachdem Tante Mali angekommen war, ihre große Schürze umgebunden und in der Küche das Regiment übernommen hatte, konnte Wien sich ernsthaft dem Geschäft der Weihnachtsvorbereitungen widmen – so kam es zumindest den Kindern vor. Es konnte kein reiner Zufall sein, daß jedes Jahr am Tag der Ankunft Tante Malis der Weihnachtsmarkt sich auf dem dafür vorgesehenen Platz in der Stadt ausbreitete – ein glitzerndes, klirrendes, duftendes Durcheinander von Ständen und Buden, gefüllt mit all dem Drum und Dran für die Feiertage und voller Süßigkeiten, Kerzen, Schmuck, Verheißung und Aufregung.

Tante Mali richtete sich in der Küche ein, öffnete ihre schwarze Wundertasche und zauberte eine Fülle an Gewürzen und Zutaten daraus hervor, eine Wolke von Weihnachtsgerüchen, und, das Faszinierendste von allem, das BUCH. Das Buch war sehr alt, und manche Seiten waren von Generationen ehrgeiziger Frauen der Lanner-Familie so oft durchgeblättert und abgegriffen worden, daß sie nur noch Fetzen waren. Das Buch war am 25. Dezember 1798 von einer Anna Maria Amalia Lanner, der Urgroßmutter Tante Malis, begonnen worden. Das Datum konnte man noch auf der ersten Seite sehen, in Anna Maria Amalias schnörkeliger Handschrift niedergeschrieben und gefolgt von einem schön gemalten: »!!!Gott sei mit uns!!!«

Das erste Rezept, das sie in ihr Buch eingetragen hatte, war für einen Kuchen mit dem Namen Guglhupf, unerläßlich bei jeder festlichen Gelegenheit in Wien, und es erforderte so viele Eier und so viel Butter, daß es Mutter schwindlig machte, oder zumindest behauptete Frau Lanner es. (Mutter, Dr. Lanners Frau, war diejenige, von der der kleine Hans sein feines und schüchternes Betragen und seine gefügige kleine Seele geerbt hatte.) Diesem ersten Rezept folgten andere, niedergeschrieben von Anna Maria Amalias Töchtern und Schwiegertöchtern, von Nichten, Enkelinnen und Urenkelinnen, von einer Kette weiblicher Nachkommen, alle gute Köchinnen, wie die meisten Österreicherinnen.

In gewisser Weise spiegelte das Buch die Hochs und Tiefs der Familie wie der Zeiten wider, und mancher junge Soziologe hätte es gut als Grundlage seiner Magisterarbeit verwenden können. Den Kindern bereitete es unendlichen Spaß, sich von ihrer Mutter aus den bekritzelten Seiten vorlesen zu lassen.

Sie konnten über die zwölf Eier und fünf Pfund Butter, die in Anna Maria Amalias einfachen kleinen Guglhupf kamen, genauso lachen wie über die Rezepte, die Tante Mali persönlich während des Weltkriegs eingetragen hatte, als es in Österreich keine Lebensmittel gab und die Leute Kuchen aus Möhren und schwarzen Bohnen machten.

Tante Mali machte sich mit klappernden Töpfen und Pfannen in Wolken von Mehl grimmig an die Arbeit. Mehl bedeckte ihre Wimpern, Schokolade war über ihre gestärkte weiße Schürze gekleckert, der Geruch von Zimt umhüllte sie, und ihre nackten Arme waren bald von Brandwunden so scheckig wie die Arme eines alten Kriegers von ehrbaren Narben. Frau Lanner wagte nicht, die Küche zu betreten, wo Tante Mali mit der verheerenden Kraft eines Hurrikans arbeitete; und Kati, das Dienstmädchen, das sonst kochte, ging auf sein Zimmer, von Weinen und Wut geschüttelt, in seinen Gefühlen verletzt. Die Wochen zwischen dem 6. Dezember und dem 24. Dezember waren für alle eine Zeit der Spannung, der Furcht, des Schreckens und der Hoffnung.

Tante Mali backte Weihnachtsplätzchen.

Sie backte Zimtsterne und Schokoladenringe und Anna Maria Amalias Husarenkrapferln, die einem im Mund zergingen und immer besser schmeckten, je länger man sie in dem großen Steinguttopf bewahrte. Sie backte knusprige braune Buchstaben – ein ganzes Alphabet davon –, die Patience hießen, und kleine Kügelchen von leichtem weißem Schaum, die Spanischer Wind hießen; sie machte Marzipan und Quittengelee und Rumtrüffel. Sie backte Brote und Kuchen aller Formen und Geschmacksrichtungen und verschiedener Süße; und der gute warme Geruch von Hefe zog in jeden Winkel und jede Ekke und hielt die Lanner-Kinder in einem stetigen Zustand von Verlangen und hungriger Vorahnung. Der kleinen Annie wurde gelegentlich Zutritt zur Küche gewährt und erlaubt, Teig zu rühren oder Eiweiß auf die Plätzchen zu streichen – denn man konnte nicht früh genug anfangen, wenn man eine gute Köchin werden wollte. Die beiden Jungen wurden dem heiligen Reich strikt ferngehalten, aber jeden Abend servierte Tante Mali ihnen ein paar winzige Kostproben der zu erwartenden Freuden. Ihr großer Tag kam, wenn sie sie zum Markt begleiteten, um den Karpfen zu kaufen; denn der ganze Aufruhr des Kochens und Backens und Vorbereitens steigerte sich immer mehr und erreichte dann seinen Gipfel in dem, was man in Wien *Fasten* nannte. Und das Fasten wiederum hatte seinen eigenen Höhepunkt am Heiligabend, wenn der Weihnachtskarpfen serviert wurde.

Der Kauf dieses Karpfens war eine fieberhaft erwartete Zeremonie. Am Morgen des 24. Dezember, und keinen Tag früher, gingen die Kinder mit Tante Mali zum Markt. Kati bildete als beratende und unterstützende Kraft die Nachhut in der wichtigen Schlacht um den besten Karpfen, den es gab. Weil jede Familie in Wien den besten Karpfen für ihr Essen am Heiligen Abend wollte und jede Familie eine erfahrene Einkaufstruppe zum Markt schickte, war das Schieben, Kreischen und Raffen heftig und erbittert. Und da waren sie, Tausende von Karpfen, die sich in ihren Wannen und Bottichen wanden, plantschten und schlängelten, eine fette, lebendige, ergiebige und reiche Überfülle silbriger Fische. Tante Mali hatte harte, energische Ellbogen, und sie bahnte sich ihren Weg von Wanne zu Wanne, immer auf der Suche nach dem einen, dem besten, dem vollkommenen, dem Superweihnachtskarpfen.

Es mußte ein Spiegelkarpfen sein, nackt bis auf vier Reihen silbriger Schuppen die Flanke hinunter. Er sollte groß sein, aber nicht zu alt, sonst würde er brackig schmecken. Er sollte auf jeden Fall männlich sein, weil der Laich in einem ausgewachsenen männlichen Karpfen eine Delikatesse für sich war. Seine Kiemen mußten rot sein, und seine Augen mußten hervorstehen und lebendig aussehen. Der ganze Fisch mußte vor Leben und Kraft beben; und wenn Tante Mali endlich den richtigen fand und er ihrer Hand mit dem Schwanz einen Schlag versetzte und mit der Sprungkraft und Grazie eines Trapezkünstlers im Zirkus in die Wanne zurückschnellte, lachte sie laut auf und zahlte jeden Preis, den Jakob Fisch dafür verlangte. Nun traf es sich, daß Tante Mali letzten Endes immer bei Jakob Fisch kaufte, weil er zweifelsohne die besten Karpfen auf dem Markt hatte. »Ich kenne mich aus mit Fisch, weil ich selbst ein Fisch bin«, sagte er jedes Jahr und kostete seinen ewigen Witz aus. Ganz gewiß kannte er sich mit Fisch aus; er reiste, wenn das Wasser aus den großen Karpfenteichen abgelassen wurde, bis nach Ungarn und in die Tschechoslowakei, um sich die besten der Ausbeute auszusuchen. Er war der beste Fischhändler auf dem Markt, und es kümmerte niemanden, daß er Jude war. In Österreich feierte niemand Weihnachten mit mehr Leidenschaft und Begeisterung als die Juden. Sie gingen am Weihnachtsmorgen sogar in die Kirche, weil der Gottesdienst so herrlich und die Musik so schön war.

Dann kam der Augenblick, in dem der Karpfen getötet werden mußte – der Augenblick, den die Zwillinge fürchteten und Friedel liebte. Mit einem Holzhammer schlug Jakob Fisch den Fisch geschickt bewußtlos, schlitzte ihn auf und grub in ihm nach dem Laich und der Leber. »Vorsicht, Vorsicht, die Galle –« Tante Mali und Kati schrien jedesmal, und jedesmal antwortete Jakob Fisch herablassend: »Meine Damen, ich habe Karpfen getötet und ausgenommen, als Sie noch in den Windeln lagen.« Darüber kicherte Kati, und Tante Mali lachte, und für Annie war es das Zeichen, die Hände von den Augen zu nehmen, denn dann konnte sie sicher sein, daß der Karpfen tot war. Das Schreckliche war, daß er sich in dem Korb, in dem Kati ihn nach Hause trug, weiter wand und zitterte, mit Petersilie gefüllt und mausetot wie er war.

»Stell dich nicht so dumm an«, sagte Friedel zu seiner Schwester. »Das sind nur Reflexe.« Ihm machte es nichts aus, Frösche zu töten oder Tiere zu sezieren, weil sein Vater Chirurg war und er eines Tages auch Chirurg werden wollte. Wenn sie nach Hause kamen, roch das Haus nach Weihnachtsbaum und Überraschungen. Dieser Nachmittag kam den Kindern, im Kinderzimmer eingeschlossen, endlos vor. Selbst Friedel ließ sich dazu herab, mit ihnen Domino zu spielen, um die Zeit zu vertreiben. Endlich wurde es dunkel. Endlich wurden sie gewaschen und angezogen. Endlich steckte ihre Mutter den Kopf ins Zimmer und flüsterte, sie glaube, sie habe das Christkindl einige Päckchen bringen sehen, und sie sollten bitte nicht so viel Krach machen. Endlich klingelte die Weihnachtsglocke, und sie stürmten ins Wohnzimmer und hielten an der Tür, überwältigt von der ganzen Herrlichkeit.

Da war der Weihnachtsbaum, ein wirklich großer, der vom Boden beinahe bis zur Decke reichte. Ein kleiner Engel glitzerte von seiner Spitze, und unter seinen untersten Zweigen war der Stall mit dem Christkindl – das kleine Kind in der Krippe –, Maria kniete an seiner Seite, und Joseph stand dahinter. Da waren die Heiligen Drei Könige, die Hirten, die Ochsen, der kleine Esel und noch mehr Engel, und alle sahen auf das Christkindl. Die Zweige des Baums waren beladen mit Äpfeln und vergoldeten Nüssen und Tante Malis Meisterwerken, der Patience, dem Spanischen Wind, den Schokoladenringen, den Zimtsternen. Da brannten außerdem Wachskerzen – es sah aus, als wären es tausend –, und der süße Geruch des Wachses machte den Heiligen Abend für die Lanner-Kinder vollkommen und vollendet. Kati, steif wie ein Wachtposten und mit einem nassen Lappen in ihren großen roten Händen, stand dabei und paßte auf jeden Zweig auf, der Feuer fangen könnte. Tante Mali, in schwarze Seide gehüllt und gekrönt mit einem überwältigenden Teil falscher brauner Locken auf dem grauen Kopf, forderte die Kinder in strengem Flüsterton zu singen auf. Sie faßten einander an den Händen, und mit ihren Diskantstimmen fingen sie an zu singen, während der Widerschein der tausend Wachskerzen in ihren Augen funkelte und sie vor Aufregung kalte Füße bekamen, weil an der Wand drei Tischchen standen, jedes mit einem weißen Damasttuch bedeckt, unter denen sich ihre Geschenke verbargen. Aber erst nachdem Annie, die nach allgemeiner Übereinkunft zur jüngeren der Zwillinge erklärt war, das Lukasevangelium aufgesagt hatte, wurde ihnen erlaubt, die Tische aufzudecken. Gewöhnlich machte Dr. Lanner ihrer Spannung plötzlich ein Ende, indem er direkt nach: »Ehre sei Gott in der Höhe. Und Friede auf Erden den Menschen, die guten Willens sind« vom Klavier aufstand und rief: »Stürzt euch drauf, Blagen!« Und mit diesem Zeichen war der feierliche Teil des Abends vorüber, und der Rest war reines Vergnügen. Die Kinder tranken süßen Wein zu ihrem Weihnachtsessen, und der Doktor gab einen humorvollen Trinkspruch zum besten. Während der Suppe wurde Tante Mali sentimental und erinnerte sich ihres verstorbenen Ehemanns, fing sich jedoch wieder und rückte in die Küche ab, denn es war Tradition, daß sie selbst den Karpfen hereintrug. Sie kam damit herein: ein Berg goldenen gebratenen Karpfens, hoch aufgeschichtet auf der alten Wiener Servierplatte mit handgemaltem Rosenmuster. Die Kinder stießen mit ihren Messern gegen die Weingläser, sie trampelten mit den Füßen und machten jeden nur erdenklichen Lärm. Der Doktor tat einige Schuppen in seine Geldbörse, damit er das ganze Jahr über Geld haben würde, und Frau Lanner sagte: »Nun eßt, und redet nicht, Kinder, und seid vorsichtig mit den Gräten.«

Und Tante Mali, zum Teil vom Ofen und zum Teil von ihrem Erfolg mit dem Karpfen rot glühend, entspannte sich und erzählte ihnen noch einmal, wie es in der Weihnachtsnacht auf dem Lande war, wo man um Mitternacht zur Mette ging und alle Bauern mit ihren kleinen Laternen über die verschneiten Hügel kamen und jeder seine besonderen Weihnachtsfilzpantoffeln mitbrachte, damit seine Füße in der Kirche nicht zu kalt wurden.

Die Kinder wurden nie müde, dem zuzuhören, und alles verschmolz mit dem guten vollen Geschmack des Karpfens, der Wärme des süßen Weins, dem Geruch der Wachskerzen, den Geschenken auf den Tischchen im Wohnzimmer und dem merkwürdigen Gefühl, mehr gegessen zu haben, als einem guttat, und der ganzen grenzenlosen Freude und Herrlichkeit des Heiligen Abends.

Zuerst kam dies und dann das. Dann kam der *Anschluß*. Dann kam der Krieg. Dr. Lanner war sehr ruhig geworden, und Frau Lanner, die immer ruhig gewesen war, hatte sich ein nervöses kleines Zittern der Hände und ein nervöses kleines Zucken der Augenlider angewöhnt. Friedel war Flieger geworden, und sie glaubte, daß er seit diesem Absturz etwas merkwürdig sei, oder vielleicht war der Druck all dieser Bombenangriffe zuviel für den Jungen. Annie war mit einem Leutnant verlobt, der im besetzten Frankreich stationiert war, und Hans, der Apotheker werden sollte, arbeitete in einer Munitionsfabrik. Er war etwas zu mager und zu lang, und sein Vater neigte zu der Ansicht, daß seine Lungen nicht ganz in Ordnung seien.

Ja, alles hatte sich verändert, außer Tante Mali. Pünktlich am 6. Dezember tauchte sie in der Stadt auf, komplett mit schwarzer Tasche und dem Buch, bereit, sich in der Küche an die Arbeit zu machen.

»Du hättest das Buch genausogut zu Hause lassen können«, sagte Frau Lanner resigniert. Und der Doktor fügte ein altes österreichisches Sprichwort hinzu: »Aus Pferdeäpfeln kann man bekanntlich keinen Apfelkuchen machen.«

»In dem Buch habe ich mein gutes altes Kriegsrezept für

Möhrentörtchen«, sagte Tante Mali unverzagt. »Und für den Bohnenkuchen. Er schmeckt beinahe wie Sachertorte.«

»Ich möchte, daß meine Bohnen wie Bohnen schmecken; aber sie tun's nicht«, erwiderte der Doktor.

»Ich habe auch Butterfett mitgebracht«, sagte Tante Mali. »Zumindest können wir Heiligabend gebratenen Karpfen haben, und das ist die Hauptsache.«

»Gebratener Karpfen! Die Idee!« sagte Frau Lanner. »Es wird kein einziger Karpfen auf dem Markt zu haben sein. An diesem Weihnachten wird in ganz Wien kein einziger Karpfen zu haben sein.«

»Ja, ich weiß«, sagte Tante Mali. »Deshalb habe ich einen mitgebracht.«

»Du hast was?«

»Ich habe einen Karpfen mitgebracht. Ich habe ihn in der Küche in seinem Eimer gelassen.«

»Wo hast du ihn bekommen?« fragte Frau Lanner schwach, von Respekt und Bewunderung überwältigt.

»Von unserem alten Freund. Von wem sonst? Von Jakob Fisch. Natürlich hat er keinen Stand mehr auf dem Markt, weil er Jude ist. Aber nichtsdestotrotz hat er mir einen Karpfen besorgt, privat, verstehst du. Er hat ihn von einem Verwandten, der jenseits der ungarischen Grenze lebt. Es ist kein sehr guter Karpfen, aber schließlich ist Krieg, und Weihnachten wird man keinen Karpfen bekommen können. Wir müssen ihn nur bis dahin am Leben halten.«

»Sicher. Das ist einfach, nicht wahr?« sagte Frau Lanner bitter. »Einen Karpfen drei Wochen lang in einer Vierzimmerwohnung am Leben halten. Wo sollen wir ihn hintun?«

»In die Badewanne«, sagte Tante Mali, von Kopf bis Fuß ein siegreicher Küchen-Napoleon.

Es war sowieso ein schwacher Karpfen, er war jung und dünn und hatte blasse anämische Kiemen. Sein Bauch war platt, ohne Rogen und Laich, und er gab nur einen schwachen Klaps mit dem Schwanz, als Tante Mali ihn in die Badewanne legte. Aber es war ein Karpfen, und entgegen allen Erwartungen blieb er am Leben. Seine neue Bleibe schien ihm sogar zu gefallen, und Tante Mali, die ihn eifrig mit Goldfischfutter fütterte, behauptete, daß er zunehme. Sie behauptete auch, daß er die Familie kenne und kommen würde, wenn man seinen Namen rufe.

Dr. Lanner hatte ihm den Namen Adalbert gegeben, und die Beziehung zwischen dem Arzt und dem Karpfen war eine der gegenseitigen Zuneigung. Der Doktor ging jeden Morgen in die Badewanne und drehte die kalte Dusche auf. »Entschuldige, Adalbert«, sagte er. »Ich hoffe, du hast nichts dagegen.« Adalbert hatte nichts dagegen. Im Gegenteil, er schien das kalte Wasser zu mögen, das in die altmodische Badewanne hinunterplatschte. Er schwamm in kräftigen, schnellen Kreisen, immer in der Wanne herum. Seine hervorstehenden Augen richteten sich liebevoll auf des Doktors Beine im Wasser. Nach dem Frühstück fütterte Tante Mali ihn, und eine Stunde danach kam Annie und wechselte das Wasser in der Wanne für ihn. Während dieses Vorgangs blieb Adalbert sehr still, klapste nur mit seinen Flossen und erlaubte Annie, seinen Bauch zu kitzeln. Hans behauptete sogar, Adalbert habe ihm zugelächelt, als er sich rasierte. Obwohl Frau Lanner beinahe eine Woche brauchte, um sich mit der Anwesenheit eines lebenden Karpfens in ihrer schönen sauberen Badewanne abzufinden, gewöhnte auch sie sich am Ende an Adalbert, und man konnte sogar hören, wie sie mit ihm in der Babysprache sprach, die sie nicht mehr gebraucht hatte, seit die Zwillinge drei Jahre alt gewesen waren. Sie verbrachte mehr und mehr Zeit mit Adalbert allein, und einmal gestand sie ihrem Mann, daß die Gesellschaft des Karpfens besänftigend für ihre angespannten Nerven sei. Natürlich konnte in den Wochen von Adalberts Aufenthalt keiner ein heißes Bad nehmen, aber damals konnte man, den neuen Anordnungen entsprechend, ohnehin nur samstagsabends warmes Wasser bekommen, und auch dann nur für zwei Stunden, und so störte Adalbert die Lanner-Familie nicht sonderlich.

Je näher Weihnachten heranrückte, desto lieber gewannen sie Adalbert. Er war schließlich etwas Einzigartiges, ihre geheime Freude, ihr versteckter Schatz, ihr großer Stolz. Im streng rationierten Wien gab es sehr wenige Leute, die am Heiligen Abend gebratenen Karpfen würden essen können. Dann jedoch wurde es immer schwerer, an Adalbert als einen Haufen knusprig gebratenen Fischs, eine goldene Köstlichkeit auf der alten Servierplatte mit Rosenmuster zu denken. Es war auch zu bezweifeln, ob Adalbert genug für die ganze Familie hergeben würde, weil sowohl Friedel als auch Paul, Annies Verlobter, auf Urlaub nach Hause kamen. Beide wurden Adalbert förmlich vorgestellt, der sie mit einem bösen Ausdruck prüfte. Friedel fühlte sich sofort zu ihm hingezogen, während Paul brummte, daß er ihn lieber nicht ungekocht gesehen hätte. Doch auch er beobachtete Adalbert, als er seine bescheidenen kleinen Tricks vorführte. Er sprang und schwamm in Kreisen, wenn der Doktor die Dusche aufdrehte; er schien zu hören, wenn Tante Mali ihn beim Namen rief, und er erlaubte Annie, seinen Bauch zu kitzeln. Als die Familie das Badezimmer verließ, erzählten sie einander, wie großartig es sei, daß sie am Heiligen Abend gebratenen Karpfen bekommen würden und wie gut er schmecken würde. Über ihrer gezwungenen Fröhlichkeit hing jedoch ein kleiner Schatten.

Der Ärger begann am Morgen des 24. Dezember. »Wer tötet mir den Karpfen?« fragte Tante Mali beim Frühstück. Sie nannte ihn nicht beim Namen, beinahe als wolle sie alle persönlichen Beziehungen zu Adalbert abbrechen.

»Bitte, Tante, bitte –«, weinte Annie und wurde leicht blaß, weil sie kein Blut sehen, nicht einmal daran denken konnte, ohne ein komisches Gefühl im Magen zu spüren.

»Bitte, was? Wenn wir ihn essen wollen, müssen wir ihn töten«, sagte Tante Mali ungerührt.

»Was ist mit dir?« wandte sie sich an den Doktor. »Du bist Chirurg; du weißt genau, wie.« »Es tut mir leid – äh – ich habe keine Zeit –«, murmelte Dr. Lanner und verschwand schnell. Annie hatte das Zimmer vor ihm verlassen.

»Du, Hans?«

»Ich kann es mir nicht einmal vorstellen. Wir sind Freunde, Adalbert und ich. Mich mußt du entschuldigen, Tante.«

»Paul? Friedel?«

Beide jungen Männer, schneidig in ihren Uniformen, weigerten sich. Sie sagten, sie könnten es nicht. Man könne nicht einfach hingehen und ein Schoßtier töten, sagten sie. Darüber wurde Tante Mali wütend. »Wollt ihr mir erzählen, daß ihr Städte bombardieren und Häuser niederbrennen könnt, aber Weichlinge seid, die keinen Fisch töten können?« brüllte sie sie an. Die beiden Offiziere zuckten mit den Achseln. »Das ist etwas anderes, Tante Mali –«, sagte Friedel zuletzt mit einem unbehaglichen Lächeln. »Wir liegen nicht mit dem Karpfen im Krieg.«

Am Ende befahl Tante Mali Kati, die Sache zu erledigen, und Kati verschwand nörgelnd und protestierend im Badezimmer. Es folgten eine kurze unheilvolle Stille und dann ein Schrei, ein Platschen, ein Klatschen, gefolgt von einem komischen klatschenden Geräusch. Als Tante Mali Kati zu Hilfe eilte, fand sie das Mädchen in der Badewanne, durchnäßt und fluchend, und Adalbert wand sich und hüpfte auf dem Linoleumboden. Tante Mali sagte einige unfreundliche Dinge, zog Kati aus ihrem kalten Bad und tat den Karpfen wieder in die Wanne. Dann biß sie die Zähne zusammen, holte einen Hammer und ein Messer, kehrte ins Badezimmer zurück und schloß die Tür hinter sich ab. Niemand wagte sie zu fragen, was mit Adalbert geschehen sei.

An dem Abend gab es keine Wachskerzen am Baum, keine Plätzchen, keine Patience, keinen Spanischen Wind. Die Geschenke auf den kleinen Tischen waren kärglich, und der weiße Damast, der sie bedecken sollte, war so schäbig, daß Frau Lanner sich entschuldigen mußte. Annie fragte ihren Vater, ob er wolle, daß sie das Evangelium aufsage, doch der Doktor antwortete nur mit einer schlaffen, resignierten Handbewegung, und sie gingen alle ins Eßzimmer und setzten sich. Da war der Festtagsgeruch brutzelnder Butter, und der Doktor richtete sich auf und zog ihn tief ein. »Riecht gut, nicht wahr?« sagte er händereibend.

»Beinahe wie in den alten Zeiten –«, sagte seine Frau, hielt jedoch sofort inne, als hätte sie eine peinliche Bemerkung gemacht.

»Hier kommt Adalbert –«, bemerkte Hans in die Stille, die der ungeschickten Bemerkung folgte. Das hätte er nicht sagen sollen. Die Tür ging auf, und Tante Mali trat ein, hielt die alte Servierplatte mit dem Rosenmuster hoch, auf der in einem kleinen Haufen die sterblichen Überreste Adalberts ruhten, braun, knusprig und vollkommen. Sie alle schlugen die Augen nieder, und Annie wurde wieder einmal blaß und griff unter dem Tisch nach der Hand ihres Verlobten. Friedel machte einen schwachen Versuch, an sein Glas zu klopfen und zu applaudieren, wie er es als kleiner Junge getan hatte, aber das kleine Klingeln erstarb sofort.

»Nehmt ein Stück, es gibt genug«, drängte Tante Mali. »Hier das ist aus der Mitte. Nehmt es, eßt es, es ist eine Delikatesse, ich habe ihn in reinem Butterfett gebraten – hier, Paul, Friedel, Annie – eßt. Es gibt heute abend in Wien nicht viele Leute, die einen Weihnachtskarpfen essen können.«

Alle versuchten zu essen, und alle gaben auf. »Ich kann

nicht –«, sagte der Chirurg. »So wahr mir Gott helfe, ich kann nicht. Er kannte mich, er mochte mich. Erst heute morgen – ihr hättet ihn sehen sollen, wie er sprang und hüpfte, als ich die kalte Dusche aufdrehte –«

»Und du bist Chirurg!« sagte Tante Mali grimmig. »Hansl – was ist mit dir?«

»Danke, Tante – ich bin nicht hungrig.«

»Friedel? Annie?«

»Ich kann nicht – wirklich, ich kann nicht, Tante Mali.«

»Du, Paul?«

»Danke. Ich habe mir nie was aus Karpfen gemacht –«

Der junge Flieger, der junge Leutnant, der junge Apotheker – alle schoben ihre Teller weg und legten ihre Gabeln nieder. Dann geschah etwas völlig Unerwartetes. Tante Mali fing an zu weinen.

Tante Mali, der Fels, die eiserne Frau, der Küchendiktator, warf die Arme auf den Tisch, legte das Gesicht darauf und schluchzte laut. Die Lanner-Kinder starrten sie an, wie man auf eine Naturkatastrophe starrt, einen Erdrutsch, einen brechenden Damm, einen Hurrikan. Sie klopften ihr auf die Schulter, streichelten ihre falschen braunen Locken und versuchten, sie zu trösten. Schließlich konnten sie die Worte, die sie schluchzte, verstehen.

»Wozu haben wir ihn dann getötet? Könnt ihr mir das sagen? Wozu haben wir ihn getötet?« schluchzte Tante Mali.

Sie schauten einander und dann den Doktor sprachlos an. Er saß aufrecht auf seinem Stuhl und sah über die Servierplatte, über den Tisch hinweg, er sah durch den Raum hindurch, er sah durch eine große weite Leere, die sie nicht sehen konnten, und er sagte langsam: »Ja – wozu töten? Wozu? Wozu?«

Und sie waren sich nicht sicher, ob er von dem Weihnachtskarpfen sprach.

ARNO SURMINSKI
Der Fisch

»Morgen soll Weihnachten sein, aber wir haben nichts zu essen. Früher gab es knusprigen Braten, die Stube duftete nach braunen Kuchen, und in den Tannenzweigen hingen Schokoladenkringel. Früher war alles besser.«

Das sagte sie am Heiligen Abend, und der Junge dachte an jenes Früher, das er nicht kannte, von dem die Mutter so gern erzählte, an das er sich aber nicht mehr erinnerte.

»Ich könnte am Bahndamm Schlingen stellen, vielleicht fange ich ein Kaninchen.«

»Ach, die Kaninchen! Bei diesem Wetter bleiben sie in ihren Höhlen und denken nicht daran, zu uns in die Bratpfanne zu kommen.«

»Oder eine Taube«, sagte der Junge. »Unter der Eisenbahnbrücke nisten sie und gurren den ganzen Tag. Wenn ich Steine werfe, werde ich vielleicht eine treffen. Du weißt, ich kann gut werfen.«

»Ja, ein Täubchen im Kochtopf wäre etwas Gutes«, meinte sie und erzählte vom Schlaraffenland, wo gebratene Tauben in offene Mäuler fliegen.

Der Junge stellte Schlingen, aber die Kaninchen blieben in ihren Höhlen. Als er sich der Brücke näherte, rasselte ein Zug vorüber, und die Tauben flogen auf und davon.

»Ich werde zum Weiher gehen, vielleicht fange ich einen Fisch«, sagte er.

»Warte, bis es dunkel ist«, antwortete die Mutter. »Sonst kommt der Besitzer des Teiches mit seinen Hunden.«

Aus Bindfäden knotete er eine Leine, an deren Ende er ein Stück Draht befestigte. Im Straßengraben grub er tief, bis er einen Regenwurm fand, den er auf den Draht spießte.

»Denk an die Hunde«, sagte die Mutter, als er in der Dämmerung aufbrach.

Er kannte den Weiher. Im Sommer hatte er darin gebadet, als das Wasser warm und zur Hälfte mit Seerosen bedeckt gewesen war. Nun sah er düster aus, ringsum stank es nach Moder, das trockene Schilf raschelte. Er setzte sich ans Ufer, warf den Bindfaden mit Draht und Wurm ins Wasser, es platschte laut.

»Du kannst kommen, Fisch!« rief er.

Dem Wasser fehlten die Wellen. Bald wird es frieren, dachte der Junge, die Fische werden auf den Grund fallen und einschlafen.

Fern heulte ein Hund, noch ferner läuteten Glocken den Heiligen Abend ein. Er sah kein Licht, keinen Stern, und doch war es so ungewöhnlich still und feierlich wie an keinem anderen Abend.

»Jetzt fängt Weihnachten an«, sagte der Junge zu dem Fisch, den er fangen wollte.

Er war stolz darauf, daß nur er und niemand sonst in der Heiligen Nacht am Weiher stand, um zu angeln. Die anderen saßen in der Kirche oder sangen Lieder unter geschmückten Tannenbäumen, einige aßen auch braune, knusprige Braten wie früher.

»Fisch«, sagte der Junge, »wenn du nicht an die Angel gehst, werden wir Weihnachten nichts zu essen haben.«

Bald deckte die Dunkelheit den Weiher zu, es wurde so still, daß er sein Herz schlagen hörte. Ja früher, da gab es Weihnachten Schnee, in der Nacht sangen die himmlischen Heerscharen, Sterne funkelten, und der Mond bekam einen Heiligenschein. Er erinnerte sich einer gebratenen Gans. Kaum hatte er sie verspeist, fiel ein Truthahn auf den gedeckten Tisch, so groß wie ein Steinadler, der von einem steilen Felsen stürzt.

»Ich bin schon zufrieden mit einem kleinen Fisch«, sagte der Junge. »Ungefähr so groß wie eine ausgestreckte Hand oder lieber zwei Hände. Fisch, wenn du nicht bald kommst, friere ich zum Eiszapfen.«

Er wußte nicht, wie die Fische zur Winterzeit im Weiher lebten, wie sie Weihnachten verbrachten. Vielleicht kauerten sie auf dem Grund, träumten von dicken Regenwürmern, oder sie schliefen, oder sie lagen starr im Eis und warteten auf den Frühling.

Vom Wasser her stieg jene Kühle auf, die die Fische erstarren ließ. Sie kroch durch sein Schuhwerk, und als sie sich zu den Knien emportastete, begann er zu springen.

Wenn der Fisch den Lärm hört, kommt er nicht, fiel ihm ein. Also hockte er sich wieder ins nasse Gras, verhielt sich still und wartete.

Es begann zu schneien, vereinzelt taumelten Flocken ins Schilf. Wenn sie das Wasser erreichten, lösten sie sich auf, als wären sie nie dagewesen.

»Fisch, komm raus! Du sollst sehen, wie der Schnee fällt.«

Wenn er die Flocken sieht, wird er aus dem Wasser springen und danach schnappen, dachte der Junge. Dann wollte er ihm gut zureden, ihm den Regenwurm zeigen, ihn mit den Händen greifen und nach Hause tragen.

Eine Stunde saß er am Weiher und fror. Wenn ich mit leeren Händen komme, wird sie wieder traurig sein, dachte er. Es wird kein Weihnachtsessen geben, sie wird von früheren Zeiten reden, von kroß gebratenen Gänsen und Steinadlern, die von Felsen stürzen.

»Laß mich nicht im Stich!« rief der Junge über den Teich.

Da war es ihm, als sei Leben in dem Bindfaden. Er bewegte sich, es raschelte im Gras, und als der Junge zugriff, spannte sich das Band. Es plätscherte heftig, die stille Wasserfläche zerbrach, und als das Ende der Schnur aus der Tiefe auftauchte, lag ein Fisch vor seinen Füßen, groß wie ein Männerarm. Mit einem Ruck beförderte er ihn ins Gras. Dann warf er sich über ihn. Ruhig lag der Fisch in seinen Armen, er blickte den Jungen an, seine Schuppen leuchteten wie Silber. Er zappelte nicht, er hielt das Maul weit geöffnet, seine Kiemen zuckten, und durch die Flossen lief ein leichtes Zittern.

»Du bist ein schöner Fisch«, sagte der Junge, legte seinen Arm neben ihn ins Gras, um ihn zu messen. Er wog ihn in den Händen und fand, er sei schwer wie ein Ziegelstein. Von so einem Fisch könnten zwei satt werden, und es bliebe noch etwas übrig für den nächsten Tag.

»Bist du ein Karpfen?« fragte der Junge, während er behutsam den Haken aus dem Fischmaul entfernte. Ein Tropfen Blut fiel ins Gras, der Fisch hielt still und zuckte nicht.

»Der Wurm hat dir wohl geschmeckt, Fisch. Du dachtest, das wäre ein Weihnachtsbraten, nun bist du mein Weihnachtsbraten.«

Der Fisch blieb stumm. Sicher fror er in der kalten Luft. Der Junge zog seinen Pullover aus, wickelte den Fisch hinein, knotete die Ärmel zusammen und warf das Bündel auf den Rükken.

»Warte nur, bald kommst du in die Stube. Ich werde dir eine Schüssel mit warmem Wasser geben. Du sollst es gut haben.«

In froher Stimmung eilte er nach Hause, freute sich über die dichter fallenden Flocken, blieb an erleuchteten Fenstern stehen, um zu hören, wie sie Weihnachtslieder sangen.

»Welch ein schöner Weihnachtsbraten!« rief die Mutter, als er den Fisch auswickelte und auf den Küchentisch platschen ließ. Der Fisch lag wie tot, hielt das Maul weit geöffnet, die kalten Augen starrten zu der Glühbirne, die über dem Tisch baumelte.

»So einen herrlichen Fisch hab' ich mein Lebtag nicht gesehen«, sagte sie und faltete die Hände vor dem Leib.

Der Junge holte die Waschschüssel, gab erst Wasser und dann den Fisch hinein. Er sah zu, wie er ein paar Runden drehte, bevor er am Rand der Schüssel liegenblieb und ihn anblickte.

»Du hast den Regenwurm gehabt, und ich hab' dich«, sagte er.

»Wenn ich ihn morgen auf den Tisch bringe, werden wir Kerzen anzünden«, erklärte die Mutter. »Was meinst du, soll ich ihn kochen oder braten?«

Der Junge rührte mit den Händen das Wasser und schaute dem Fisch zu. Ab und zu packte er ihn, hob ihn hoch, um ihn wieder ins Wasser gleiten zu lassen. Wie elegant er seine Kreise zog, den Körper dem Oval der Schüssel anpaßte, sanft mit den Flossen schlug, ohne daß ein Spritzer auf den Tisch gelangte.

»Du bist ein guter Fisch«, sagte der Junge. »Ich habe dich gerufen, und du bist aus dem Wasser gekommen. Du hast an meinen Haken gebissen, als ich schon nicht mehr glaubte, daß wir einen Weihnachtsbraten bekommen werden.«

Der Fisch hob den Kopf und brubbelte Blasen ins Wasser.

»Ich kann ihn nicht töten«, sagte der Junge, »er ist ein guter Fisch.«

»Wenn es so ist, werden wir Pellkartoffeln mit Salz zum Fest essen«, rief die Mutter.

»Wenigstens diese eine Nacht soll er in der Schüssel schwimmen«, antwortete der Junge. »Morgen bringe ich ihn zurück zum Weiher.«

»Es wird deinem Fisch nicht viel helfen«, meinte sie. »Bald wird der Besitzer des Teiches sein Netz durchs Wasser ziehen und ihn wieder einfangen. Er wird ihn auf der Stelle totschlagen und braten, vielleicht zum Neujahrsfest. Oder er gibt ihn für Geld in den Fischladen, damit einer kommt und ihn kauft. So ist das nun mal mit Fischen.«

»Ich werde ihn in der Waschschüssel lassen, bis der Teich abgefischt ist«, sagte der Junge. »Danach werde ich ihn aussetzen.«

»In der Schüssel wird er sterben, sie ist ihm zu eng. Fische brauchen große Gewässer.«

Sie ließen den Fisch über Nacht in der Schüssel. Es war die Heilige Nacht, und der Junge dachte, daß er noch nie so reichlich beschenkt worden war wie mit diesem Fisch. Ab und zu hörte er ihn plätschern. Er träumte von einem großen Haus mit vielen Gästen und von jenem Früher, über das die Mutter so gern sprach. Am Eingang des Hauses sah er ein Bassin mit grünlich schimmerndem Wasser und in dem Wasser unzählige Fische, die so unbeschwert umherschwammen, als wüßten sie nichts von Kochtöpfen und Bratpfannen. Ab und zu traten Gäste an den Rand des Bassins, um mit ausgestrecktem Finger zu bestimmen, welchen Fisch sie zu Abend verspeisen wollten.

»So ist das nun mal mit Fischen«, sagte die Mutter im Traum.

»Aber dies ist ein guter Fisch«, antwortete der Junge. Er dachte daran, ihn in einen entfernten See zu bringen, wo niemand angelte oder Netze auswarf. Vielleicht sollte er ihn zum Meer zu tragen.

»Auch im Meer werden sie ihn fangen«, hörte er Mutters Stimme. »Es gibt kein Wasser, in dem nicht Fische gefangen werden. Die Fischdampfer durchpflügen die Ozeane mit mächtigen Netzen. Wenn nicht sie ihn fangen, wird dein Fisch von einem größeren Fisch gefressen werden, vielleicht von einem Hai. So ist das nun mal mit Fischen, sie leben, um gefressen zu werden.«

Als er aufwachte, hörte er die Mutter in der Küche rumoren. Sie hantierte mit Kochtöpfen, Geschirr klapperte, ein Wasserkessel begann zu pfeifen. Er blieb noch eine Weile im Bett, um an Weihnachten zu denken. Dann fiel ihm der Fisch ein. Er sprang auf und rannte in die Küche. Die Schüssel stand noch auf dem Küchentisch, sie war zur Hälfte mit Wasser gefüllt; aber er sah den Fisch nicht mehr.

Die Mutter stand am Herd, rührte in einer weißen Suppe, unter einem klappernden Kochtopfdeckel entwich Dampf.

»Es gibt Pellkartoffeln«, sagte sie.

Er wagte nicht, nach dem Fisch zu fragen. Sie wird ihn zum Weiher getragen haben, dachte er.

»Wenn du deinen Fisch suchst, der schwimmt im Meer«, erzählte sie und rührte vor sich hin.

Der Junge starrte in die Schüssel. Auf ihrem Grund entdeckte er kleine Plättchen aus Silber, die er herausfischte und gegen das Licht hielt.

Es sind Perlen, dachte er. Ich werde sie auf eine Schnur ziehen und die Kette Mutter zu Weihnachten schenken.

Sie trug dampfende Pellkartoffeln auf, dazu eine Terrine, randvoll gefüllt mit Suppe. Sie roch gut. Sie warf Blasen, weil sie heiß war. Als der Junge mit dem Löffel in der Suppe rührte, entdeckte er wieder kleine silberne Perlen.

»Nun ist Weihnachten«, sagte die Mutter. »Und wir haben weiter nichts als diese Suppe.«

EVA IBBOTSON
Der Große Karpfen Ferdinand

Dies ist eine wahre Geschichte, die Geschichte von einem Weihnachtsfest in Wien in den Jahren vor dem Ersten Weltkrieg. Und es ist nicht nur eine wahre, sondern auch eine höchst dramatische Geschichte, in der es um Liebe geht und um Schwierigkeiten und (wenigstens beinahe) auch um Tod – und das, obwohl der Held der Geschichte ein Fisch ist.

Natürlich nicht irgendein Fisch, sondern ein mächtiger und furchterregender Fisch: der Große Karpfen Ferdinand. Und wenn Sie meinen, die Geschichte sei übertrieben und kein Fisch, so mächtig er auch sein mag, könne das Leben einer ganzen Familie so tiefgehend erschüttern, dann irren Sie sich. Denn ich kenne die Tatsachen aus erster Hand, nämlich von einer der Beteiligten, der »kleinsten Nichte« in der Geschichte, der, deren Füße zugegebenermaßen nicht einmal die erste Strebe der riesigen lederbezogenen Eßzimmerstühle mit den silbernen Beschlägen erreichten, deren Augen aber gut sechs Zentimeter über die Tischkante schauten, wie sie betont. Sie hat alles gesehen. (Diese kleinste Nichte kam Jahre später nach England und wurde meine Mutter, und so habe ich die Geschichte bewahrt und immer wieder auf ihre Korrektheit überprüft.)

Die Rolle, die der Große Karpfen Ferdinand im Leben der Familie Mannhaus zu spielen hatte, war einfach, aber entscheidend. Um es rundheraus zu sagen: Er war das Weihnachtsessen. Denn in Wien, wo sie am Heiligen Abend feiern und niemand auch nur im Traum daran denken würde, in der Heiligen Nacht Fleisch zu essen, schätzen sie nichts so sehr wie einen kräftig eingelegten, saftig gebratenen Karpfen. Und ehrlich gesagt hat man, bevor man nicht einen frischen Karpfen mit der Symphonie von Beilagen (saure Sahne, gedünsteter Sellerie, dunkles

Pflaumenmus) gekostet hat, kulinarisch gesprochen nicht gelebt.

Aber die Betonung liegt auf dem Wort *frisch*. Und so war die ganze Familie Mannhaus hoch erfreut, als ein dankbarer Klient mit berühmten Fischgründen in Kärnten Onkel Ernst eine Woche vor Weihnachten einen lebenden Zwanzigpfünder überreichte. Onkel Ernst, ein O-beiniger kleiner Mann, dem sein geheucheltes Mitgefühl zu einer florierenden Anwaltskanzlei verholfen hatte, war entzückt. Tante Gerda, seine plumpe und treusorgende Ehefrau, war entzückt. Graziella, ihre liebreizende (und heißgeliebte) Tochter, war ebenso entzückt wie Herr Franz von Rittersberg, Graziellas »Zukünftiger«, der das Essen liebte. Entzückt waren auch Tante Gerdas drei kleine Nichten, die bereits mit ihrer englischen Gouvernante zum Weihnachtsfest im Hause Mannhaus eingetroffen waren, und ebenfalls entzückt die zahllosen armen Verwandten und reichen Paten, die die mütterliche Tante Gerda jeden Heiligen Abend um sich sammelte, um die Kerzen am großen Tannenbaum zu entzünden, Geschenke auszupacken und zu essen – und zwar gebratenen Karpfen.

Den Fisch unterzubringen war kein besonderes Problem. Das Haus in Wien war groß, und die Dienstmädchen, schlichte Mädel vom Lande, die daran gewöhnt waren, sich in Holzzubern abzuschrubben, traten bereitwillig das eigentlich ihnen zugedachte Badezimmer ab.

Hier, in dem riesigen mahagoniverkleideten Badezimmer mit Kupferhähnen von der Größe der Niagarafälle, schwamm der enorme graue Fisch majestätisch hin und her und her und hin und schien nichts von seiner ruhmreichen letzten Bestimmung oder auch von der Pracht um ihn her zu ahnen. Denn dies war kein gewöhnliches Badezimmer. Französische Teerosen – herrliche Blüten in der Größe von Kohlköpfen – schwirrten über die Tapete und wiederholten sich auf der riesigen

Waschschüssel aus Porzellan und auch in dem ungeheuren Nachttopf – einem so großzügig bemessenen Gefäß, daß selbst die älteste der kleinen Nichten spurlos darin hätte verschwinden können.

Und hierher kamen die verschiedenen Mitglieder der Familie Mannhaus, um ihn zu besuchen, während es im Paradeschritt auf Weihnachten zuging.

Onkel Ernst kam und zog an seiner langen schwarzen Pfeife mit dem Porzellandeckel. Als unsentimentaler, aber dem guten Essen äußerst zugetaner Mann betrachtete er die letzte Bestimmung des Karpfens als durch und durch angemessen. Und doch, als er dem großen grauen Fisch so in die Augen sah und die sanft schwankenden Barteln bewunderte (die soviel prächtiger waren als sein eigener spärlicher Schnurrbart), fühlte Onkel Ernst deutlich eine Vertrautheit mit diesem einzigen anderen männlichen Wesen in einem ansonsten reinen Frauenhaushalt. Und als er also dort saß und an seiner Pfeife zog und dem vereinzelten Plätschern lauschte, wenn der Karpfen die Wasseroberfläche durchbrach, ließ Onkel Ernst für eine Weile all die Last von seinen Schultern gleiten, die es bedeutete, das Haus in Wien zu unterhalten, die Villa in Baden-Baden, das Chalet am Wörthersee, die etwa ein Dutzend Verwandten von Gerda, die wirklich sehr früh jede Bemühung eingestellt hatten, für sich selbst aufzukommen. Er vergaß sogar den Berg an Rechnungen, die dem Fest folgen würden. Und beinahe, aber nicht ganz, vergaß er sogar diese kleine bohrende Sorge um seine Tochter Graziella.

Auch Tante Gerda stattete dem Karpfen ihre Besuche ab – aber nur kurz, denn mit Weihnachten ging es ihrer Überzeugung nach auch nicht eine Minute ohne sie voran. Sie kam mit Listen behängt, die Stirn in Kopfschmerzfalten gelegt, den Kopf voll schlimmer Befürchtungen. Würde der Baum an die Decke stoßen, oder schlimmer noch: Würde er zu kurz sein?

Würde Sacher den Baiser-Schwan mit Eis pünktlich liefern? Sollte man (und das war wirklich ein Problem) die Pfischingers »bedenken«, die *sie* letztes Jahr nicht »bedacht« hatten, aber dafür das Jahr davor? (Ach, dieses furchtbare Jahr, als die Steinhausens im allerletzten Moment noch einen Korb mit kandierten Früchten geschickt hatten und alle Geschäfte schon geschlossen waren, so daß sie schließlich den Azaleentopf, den die Hellers geschickt hatten, hatte neu einwickeln und an die Steinhausens schicken müssen – um sich die ganze restliche Weihnachtszeit über zu fragen, ob sie auch das Kärtchen abgenommen hatte!)

Während sie sich über den Fisch beugte, dachte Tante Gerda über die Sauce nach. Auch hier gab es Grund zu Bedenken. Sellerie, ja, Zitrone, ja, Zwiebeln, ja, Pfefferkörner, Ingwer, Mandeln, Walnüsse – alles gar keine Frage. Geriebener Honigkuchen, natürlich, Thymian, Lorbeer, Paprika und Pflaumenmus. Aber nun hatte ihre Schwester in einem Brief aus Linz Muskatblüte vorgeschlagen. Diese Idee war neu, geradezu revolutionär. Der Mannhauser Karpfen, ohne Muskatblüte, war ein gastronomisches Stadtgespräch in Wien. Man mußte auch an die Gefühle der Köchin denken. Andererseits ... selbst Sacher höchstpersönlich scheute sich nicht, ein altbewährtes Rezept abzuwandeln.

Die Gleichgültigkeit des Karpfens gegenüber seinem kulinarischen Drumherum war irgendwie beruhigend. Sie schloß für eine Sekunde die Augen und hatte ganz plötzlich die flüchtige Ahnung, daß Weihnachten *hinter* alldem lag, wenn sie es nur erreichen könnte. Wenn sie nur sicher sein könnte, daß es Graziella gutging. Und nun seufzte sie, denn sie hatte nie vorgehabt, irgend jemanden so sehr zu lieben, wie sie ihre einzige Tochter liebte.

Auch Franz von Rittersberg kam, um den Karpfen anzuschauen. Der Besuch des goldhaarigen, blauäugigen, strahlenden jungen Mannes, Erbe einer Kohlenmine in Schlesien, hatte ausschließlich etwas mit Arithmetik zu tun. Er maß den Karpfen im Geiste ab, teilte ihn durch die Anzahl der zu erwartenden Tischgäste, beschloß für sich, daß seine Portion als zukünftiger Schwiegersohn der Mannhausens sicher aus der breiteren Mittelpartie genommen werden würde – und ging zufrieden wieder fort.

Und die kleinen Nichten, die der englischen Gouvernante entwischt waren, kamen auch; kichernd und herumtrippelnd wie Mäuschen, mit weißen Strümpfen und braunen Schuhen, die Hinterteile allerliebst mit mehreren Lagen von Unterröken ausgepolstert, und jede eine gestohlene Semmel fest in der Hand.

»Ferdinand«, flüsterte die Jüngste verzückt und balancierte dabei auf dem umgestülpten rosenverzierten Nachttopf. Ihre Schwestern, die auch ohne Hilfsmittel über den Badewannenrand lugen konnten, standen mit ernster Miene dabei und krümelten Brot ins Wasser. Der Fisch war ein Wunder – eines, das sich nicht um sie scherte, aber doch ihres. Ein *wahres Wunder.*

(Abends, jeden Abend, wenn das Kindermädchen sie allein ließ, kamen sie unter ihren Federbetten hervorgepurzelt und reihten sich zum immer gleichen Gebet auf. »Lieber Gott, mach, daß sie uns etwas Lebendiges zu Weihnachten schenken«, beteten sie Abend für Abend für Abend.)

Aber Graziella, die Tochter des Hauses, kam am häufigsten. Da hockte sie dann neben der Wanne, die schwärzlichen Lokken im heftigen Wettstreit mit den Kohlrosen an der Wand, und sah mit dunklen, mitleidigen Augen auf den Fisch hinunter. Aber obwohl sie bei weitem die Lieblichste von allen seinen Besuchern war, behandelte Ferdinand sie äußerst unzivilisiert. Schlicht gesagt: Er ignorierte sie. Karpfen sind schließlich Süßwasserfische, und es war ihm nicht entgangen, daß die Tropfen, die auf ihn herunterfielen, wenn sie da war, bedauernswert viel Salz enthielten.

Die Götter hatten es wahrlich gut mit diesem Mädchen gemeint – sie war liebevoll und geliebt, freundlich und heiter, und vor ihr lag eine rosige Zukunft als Frau Franz von Rittersberg. Dennoch schien sie mit jedem Tag ein wenig dünner und blasser zu werden, und in ihren Augen stand ein immer größer werdendes Entsetzen. Denn wenn man sich sein Leben lang daran gewöhnt hat, immer nur zu geben und zu geben, wacht man vielleicht eines Tages auf und stellt fest, daß man – sich selbst hergegeben hat. Und dann verbringt man, so man kein Heiliger ist (und vielleicht sogar auch, wenn man einer ist), die Nächte elendiglich unter seinem Kissen versteckt und leckt sich die dummen Tränen fort.

Und so zogen sich die Tage langsam dahin, immer auf ihren Höhepunkt zu – den Heiligen Abend. Es schneite, der Baum kam, auf dem Adventskranz wurde die letzte Kerze angezündet. Die jüngste Nichte fiel in Ungnade, weil sie den Schornstein vom Pfefferkuchenhaus naschte. Immer hektischer wurden Geschenkkörbe hin und her getauscht. Die Pfischingers, die immer noch nichts geschickt hatten, schlichen sich schon in Tante Gerdas Träume …

Am Morgen des Dreiundzwanzigsten kamen Onkel Ernst und sein zukünftiger Schwiegersohn zusammen, um die Opferriten über dem Großen Karpfen Ferdinand zu vollziehen.

Die kleinen Nichten hatte man in Mäntel und Strumpfhosen gesteckt und in den Prater verfrachtet. Graziella, die man als zartbesaitet kannte, war zu Rumpelmayers geschickt worden, um etwas zu besorgen. Und nun stand die Köchin mit einem riesigen Bräter aus Steingut am Fuß der Treppe – zu ihrer Linken die Dienstmädchen, rechts das Küchenpersonal. Auf dem

Treppenabsatz weiter oben legte Tante Gerda ihren Männern die Waffen an – ein Küchenmesser mit langer Klinge, einen sieben Pfund schweren Hammer, ein altes, leicht angerostetes Schwert aus der kaiserlichen Armee, das einmal nach einer Abendgesellschaft zurückgeblieben war ...

Im Badezimmer sah Onkel Ernst den Fisch an, und der Fisch sah Onkel Ernst an. Ein vages Gefühl, nur der Hauch einer Vorahnung befiel Onkel Ernst, dessen Eingeweide einen leisen Hüpfer zu vollführen schienen.

»Du scheuchst ihn hier herüber«, befahl Franz mit ungeheurer Nonchalance. »Und dann, wenn er am Fußende ist, schlage ich zu.«

Onkel Ernst scheuchte. Der Karpfen schwamm. Franz schwenkte den Hammer über dem Kopf und – schlug zu.

Der Krach war ohrenbetäubend. Emaillesplitter flogen durch die Luft.

»Auauaua, mein Auge, mein *Auge*«, schrie Franz und ließ den Hammer fallen. »Ich habe einen Splitter im Auge. Hol ihn RAUS!«

»Ja«, sagte Onkel Ernst. »Ja ...«

Er legte das Schwert aus der kaiserlichen Armee ab und kletterte vorsichtig auf den Badewannenrand. Selbst da war er erst so gerade eben auf gleicher Höhe mit Franzens tränendem blauen Auge. Blind, wie er war, streckte Franz den Kopf vor. Der Rest war unausweichlich. Respektable Wiener Anwälte in mittleren Jahren sind keine Akrobaten. Sie geben auch nicht vor, welche zu sein. Der Karpfen schwamm gemächlich zwischen den Falten von Onkel Ernstens Hose herum und stellte wie erwartet fest, daß dort nichts auch nur annähernd Eßbares zu finden war.

Kurz nach dem Mittagessen ward Onkel Ernst, der inzwischen wieder trocken und in seine englischen Knickerbocker gewandet war, allmählich eine Eingebung zuteil.

Im Grunde war es doch so einfach. Das ganze raue Schlagen und Zupacken war gar nicht nötig. Man ging einfach nach oben; man zog den Stöpsel; man ging hinaus und schloß die Tür hinter sich. Und dann wartete man ...

Wenige Minuten später war Onkel Ernst völlig gelassen wieder zurück in seinem Arbeitszimmer. Nicht nur hielt er die Zeitung richtig herum, er *las* sie praktisch auch.

Im Hause war es still. Franz war nach ausführlichster Bemutterung durch die Damen des Hauses heimgegangen. Die kleinen Nichten hielten ihren Mittagsschlaf. Das Arbeitszimmer hatte ohnehin stoffbezogene Doppeltüren. Selbst *wenn* es irgendein Klatschen gab – wie es etwa ein im Todeskampf zappelnder Fisch verursachen würde –, Onkel Ernst würde es nicht hören.

Was er allerdings wenig später hörte, war ein Schrei. Ein wirklich beängstigender Schrei, äußerst virtuos, und er hatte keinerlei Mühe, ihn dem zweiten Hausmädchen zuzuschreiben, dessen Bruder der Jodelkönig von Schruns war. Ein zweiter Schrei gesellte sich dazu und dann ein dritter. Onkel Ernst stürzte in den Flur hinaus.

Sein erster Eindruck war, daß der Flur voller Menschen war. Der zweite, daß er naß war. Beides erwies sich als korrekt.

Graziella war damit beschäftigt, Tante Gerda zu beruhigen, die zitterte und kurz vor einem Nervenzusammenbruch stand. Die englische Gouvernante hatte, ehrfurchtgebietend wie alle Vertreterinnen ihrer Zunft, bereits Eimer und Wischlappen geordert und sich in die Bresche geworfen. Die Hausmädchen wischten und jammerten und rubbelten – und immer noch kam das Wasser stetig die Treppe heruntergeflossen, vorbei an den geschnitzten Putten auf dem Geländer, und verwandelte den Perserteppich in Brei.

Als man schließlich dazu kam, nach dem Verursacher zu fragen, war die Antwort eigentlich nur noch eine Formalität, da die Schuldigen freimütig alles zugaben. Da standen sie, die kleinen Nichten, blaß und zitternd und verängstigt – und dennoch sahen sie nicht wirklich zerknirscht aus. Ja, sie hatten es getan. Ja, sie hatten den Schlüssel hinter der Uhr hervorgeholt, die Badezimmertür aufgeschlossen, den Hahn aufgedreht ...

Schweigend und gottergeben warteten sie auf ihre Bestrafung. Nur das plötzlich herunterrutschende Hosenbein der Jüngsten verriet eine schier unerträgliche Spannung.

Graziella rettete sie, wie sie immer alles rettete.

»Bitte, Mutti? Bitte, Vati? ... So kurz vor Weihnacnten?«

Es schlug Mitternacht. In der Mannhaus-Villa herrschte endlich Stille. Die kleinen Nichten, nachdem sie ihr Abendgebet absolviert hatten, waren erschöpft eingeschlafen. Tante Gerda stöhnte im Schlaf, sie träumte, die Pfischingers hätten einen riesigen Korb voller Sauce geschickt.

Da öffnete sich eine Tür, und Onkel Ernst kam auf leisen Sohlen im Schlafanzug aus dem Rauchsalon geschlichen. Er hatte eine enorme Flinte in der Hand – eine furchtbare, an die dreißig Jahre alte Waffe aus dem Besitz seines Vaters – und im Herzen einen Blutdurst, der ebenso heftig war wie unerwartet.

Erbarmungslos stieg er die Treppe hinauf; erbarmungslos betrat er das Badezimmer und drehte hinter sich den Schlüssel um. Und erbarmungslos trat er drei Schritte zurück, visierte die Wanne an – und schoß.

Graziella, die in diesen Tagen regelmäßig nachts wachlag, kam als erste bei ihm an.

»Ist alles in Ordnung mit dir, Papa? Alles in Ordnung?«

Doch hinter der verschlossenen Tür erhob sich nur ein erneutes schreckliches Wehklagen. Tante Gerda kam mit wippendem grauen Zopf herbeigeeilt. »Ernst, Ernst«, flehte sie und hämmerte gegen die Tür. Es war hoffnungslos.

»Ruft den Doktor an, die Feuerwehr. Schickt nach Franz, schnell«, befahl Gerda. »Ein Mann – wir brauchen einen Mann.«

Die Gouvernante stürzte zum Telefon. Aber Graziella in ihrer Verzweiflung warf sich den Pelzumhang über das Nachthemd und lief auf die Straße hinaus.

Und so kam es, daß das Leben von Sebastian Haffner binnen einer halben Minute ganz und gar auf den Kopf gestellt wurde. In der einen Minute war er noch frei wie der Wind und unbeschwert, ein junger Mann, der nur für seine Forschungen an der Universität lebte – und nur Sekunden später war er gefesselt, voller grenzenloser Leidenschaft, bereit, Berge zu erklimmen, gegen Drachen zu kämpfen und eine gigantische Hypothek auf ein Haus aufzunehmen. Und das aus keinem anderen Grund, als daß Graziella, die blind die Stufen hinunter auf die beleuchtete Straße gestürzt kam, ihm direkt in die Arme lief.

Für den Bruchteil einer Sekunde blieb die Umarmung, in der Sebastian das zitternde Mädchen hielt, väterlich und beschützend. Dann schlossen sich seine Arme fester um sie, und er wurde nicht mehr väterlich – ganz und gar nicht väterlich. Und Graziella sah mit Schneeflocken im Haar zu dem dunklen, sanften Gesicht dieses Fremden auf und konnte nicht – konnte einfach nicht fortsehen.

Dann besann sie sich und machte sich los. »Oh, bitte, kommen Sie«, stotterte sie und zog Sebastian bei der Hand. »Schnell. Es ist mein Vater ... Der Karpfen hat ihn erschossen.«

Sebastian sortierte seine Träume sofort um. Er würde sie

regelmäßig in der Anstalt besuchen, ihr Blumen mitbringen und vorlesen. Und ganz langsam würde sie geheilt werden, durch seine ergebene Liebe.

»Beeilen Sie sich. Bitte. Bitte. Er hat so gestöhnt.«

»Der Karpfen?« versuchte es Sebastian und rannte mit ihr die Stufen hinauf.

»Mein Vater. Oh, *kommen* Sie.«

Die Hausmädchen standen klagend am Fußende der Treppe. Tante Gerda schluchzte auf dem Treppenabsatz.

Sebastian war überwältigend. Binnen Sekunden hatte er einen geschnitzten Eichenstuhl ergriffen und begann auf die Tür einzuschlagen. Die große Tür ging recht schnell zu Bruch und fiel heraus. Sebastian dicht auf den Fersen, strömten alle ins Badezimmer.

Onkel Ernst saß aufrecht gegen die Badewanne gelehnt und stöhnte und fluchte abwechselnd, die Hand auf der blutüberströmten Schulter. Um ihn verstreut lagen rosenverzierte Porzellanscherben und das Glas eines Spiegels, den die von allen Wänden des Bades zurückprallenden und Onkel Ernsts Schulter streifenden Schrotkugeln schließlich zersplittert hatten. Der Karpfen, der sich unter die Wasserhähne verzogen hatte, schien zu schlafen.

»Ernst«, kreischte Tante Gerda und fiel neben ihm auf die Knie.

»Binden, Schere, Verbandsmull«, befahl Sebastian, und Graziella stob davon wie der Wind.

Es war nur eine Fleischwunde, und Sebastian, o Wunder aller Wunder, war ein Doktor, wenn auch einer von denen, die in einem Laboratorium arbeiten. Schon bald lag Onkel Ernst, unzweifelhaft der Held der Stunde, auf einem Sofa und schlürfte tapfer an einem Cognac mit Eigelb und Vanille, Erdbeerlikör *und* Kirschwasser. Der Hausarzt kam, lobte Sebastian für seine hervorragende Arbeit und blieb ebenfalls auf einen Cognac.

Die Feuerwehr, die in der Küche einmarschierte, zog Slibowitz vor.

Und oben standen vergessen Graziella und Sebastian und hatten nur Augen füreinander.

Das ist es also, dachte Graziella, daß man singen und tanzen und laut herausschreien möchte und sich doch so voller Demut fühlt und so *gut*. Das war es, was sie nie gefühlt hatte, so daß sie sich beinahe Franz hingeworfen hätte, wie man einem Hund einen Knochen vorwirft, damit er aufhört zu knurren ... Wie ein Echo zu ihren Gedanken schrillte in diesem Moment die Hausglocke, und Franz von Rittersberg wurde eingelassen. Sein Auge war immer noch geschwollen und er selbst nicht eben bester Laune.

»Dieses Haus wird langsam zu einer Irrenanstalt«, sagte er, während er die Treppe hinauflief. »Weißt du, wie spät es ist?«

Graziella wußte es nicht. Die Zeit war stehengeblieben, als sie Sebastian in die Arme gelaufen war. Es würden Jahre vergehen, bevor sie sie wieder gänzlich einholte.

»Dann laßt uns um Himmels willen diesen vermaledeiten Fisch umbringen und wieder ins Bett gehen«, sagte er, zog den Mantel aus und holte ein Messer und eine Flasche mit Glasstopfen hervor. »Ich habe Chloroform mitgebracht.«

»Nein!«

Graziellas Stimme klang so durchdringend, daß beide Männer erschraken. »In England, wenn da jemand gehängt wird, und es klappt nicht ... also, wenn das Seil reißt, dann läßt man ihn am Leben.«

»Herrgott noch mal, Graziella, jetzt mach uns nicht wahnsinnig«, giftete Franz. »Was zum Teufel sollen wir dann morgen essen?«

Er stolzierte ins Badezimmer. »Sie können mir helfen«, rief er über die Schulter Sebastian zu, der still auf dem halberleuchteten Treppenabsatz gestanden hatte. »Ich ziehe den Stöpsel raus und schütte ihm dies Zeug über. Dann schlagen Sie seinen Kopf gegen den Wannenrand.«

»Nein«, Sebastian trat ins Licht. »Wenn Fräulein ... wenn Graziella nicht will, daß dieser Fisch getötet wird, dann wird dieser Fisch nicht getötet.«

Franz stellte seine Flasche ab. In seiner Wange zuckte ein Muskel. »Sie ... Sie ... Für wen halten Sie sich eigentlich, daß Sie sich einfach hier reindrängen und mir sagen, was ich zu tun und zu lassen habe?«

Wenn man bedenkt, daß beide beteiligten Herren aus einer guten Familie stammten, war der folgende Kampf eine außerordentlich schmutzige Angelegenheit. Die Queensberry-Regeln, auf dem Kontinent durchaus bekannt, hätten ebensogut gar nicht existieren können. In gewisser Weise war das Ergebnis natürlich unvermeidlich, denn Franz wurde nur von Haß und Gier nach seinem Weihnachtsessen angetrieben, während Sebastian aus Liebe kämpfte. Aber obwohl sie nicht im mindesten an Sebastians Sieg zweifelte, besprenkelte Graziella frohen Mutes ein Badehandtuch mit Chloroform und sorgte für absolute Sicherheit.

Der Tag brach an. Die Glocken am Stephansdom läuteten die Geburt Christi ein.

In der Mannhaus-Villa schlief Graziella, lächelte und schlief weiter. Onkel Ernst, auf sieben Daunenkissen gebettet, öffnete ein Auge, dachte zufrieden, daß heute niemand etwas von ihm wollen konnte – kein Tranchieren, kein Herumgewackel auf Trittleitern, kein Kerzenanzünden –, und machte das Auge wieder zu.

In der Küche aber schauten Tante Gerda und die Köchin bei ihrer Rückkehr von der Messe Unglück und Schande ins Auge. Alles war bereit – die gehackten Kräuter (die Köchin hatte tapfer der Muskatblüte zugestimmt), der Wein, die Sahne, die Zitrone ... und oben schwamm mit kräftigen Zügen der Hauptbestandteil, die *raison d'être* vieler Tage der Planung und Berechnung, der doch schon seit Stunden in seiner Marinade hätte schwimmen sollen.

Und als wäre es nicht genug, kam, als sie sich gerade zum Frühstück niederließen, die Nachricht von Franz. Er war immer noch unpäßlich und würde nicht zum Abendessen zu ihnen kommen. Es dauerte eine geschlagene Minute, bis die ganze Tragweite dieser Nachricht zu Tante Gerda durchgedrungen war. Als es soweit war, ließ sie den Kopf hängen und stöhnte: »Dreizehn! Wir werden dreizehn Personen zum Abendessen sein! Du lieber Himmel! Großtante Wilhelmina wird das niemals dulden!«

Aber das Schicksal war noch nicht fertig mit Tante Gerda. Die Frühstücksteller waren noch kaum abgeräumt, als es an der Hintertür klingelte und das Mädchen unter einem gewaltigen Korb ächzend wieder hereinkam.

»O nein ... NEIN!« kreischte Tante Gerda.

Und nun war er da, der Moment, dem all die vergangenen Wochen zur Vorbereitung gedient hatten. Es war früher Abend, die kleinen Nichten brodelten und kochten in ihren Unterröcken, gescheucht von Kindermädchen mit Lockenscheren und Schleifen. Im »Weihnachtszimmer« kletterte Tante Gerda unter den wohlwollenden Blicken Onkel Ernstens die Trittleiter hinauf und wieder runter, um die Kerzen zu überprüfen, den Wassereimer und ob der Silberstern richtig saß. Murmelnd und mit der Zunge schnalzend, wieselte sie von einem zum nächsten Geschenkehaufen, die sie auf dem riesigen weißen Tuch unter dem Baum verteilt hatte. Graziellas junger Arzt, den man in seinem Laboratorium erreicht hatte, hatte die Einladung zum Abendessen angenommen, damit sie nicht dreizehn wären. Irgendwie hatte er sogar Geschenke für die kleinen Nichten aufgetrieben – drei winzige Holzkästchen, die Tante Gerda nun ihren Haufen hinzufügte.

Und nun waren alle Kerzen entzündet, und sie läutete die Schweizer Kuhglocke mit dem hübschen Ton, das Zeichen, daß alle hereinkommen durften.

Obwohl sie vor der Tür gekauert und gedrängelt hatten, kamen die kleinen Nichten, als sie geöffnet wurde, nur langsam, ganz langsam herein, und die Kerzen am Baum leuchteten in ihren Augen. Hinter ihnen kam Graziella, den Kopf zu dem glitzernden Stern hin geneigt, und neben ihr der junge Doktor, der ihr nur eine einzelne Rose geschenkt hatte.

Und plötzlich waren Tante Gerdas Kopfschmerzen verflogen, und sie weinte ein bißchen und wußte doch wieder einmal, daß das, wofür sie sich die ganze Zeit angestrengt hatte, da war. Weihnachten.

Man sollte meinen, das wäre nun das Ende der Geschichte, nicht wahr? Aber meine Mutter, die sie mir Jahre später erzählte, fuhr gerne noch ein ganz klein wenig damit fort. Bis zu dem Moment, in dem die kleinen Nichten, die höflich einen Berg kostspieliger Nichtigkeiten ausgepackt hatten, plötzlich in Schreie höchsten Entzückens und Erfüllung ausbrachen. Denn als sie Sebastians Kästchen öffneten, fand eine jede darin eine winzige rotäugige *lebendige* Maus.

Oder noch ein wenig weiter. Zur Familie, die um den Tisch sitzt – Damast, Kristallkelche, tiefrote Rosen in einer Vase. Zu den kleinen Nichten (die Jüngste bedenklich auf ihrem Kissenberg wackelnd), deren Taschen im Unterkleid je eine schläfrige, heimlich hineingeschmuggelte Maus wölbte. Zu Onkel Ernst, so eindrucksvoll in seinen Bandagen, und Graziella und Sebastian, die glühten gleich Kometen ... Zu den sich plötzlich versteifenden, weiß hervortretenden Fingergelenken um die schweren Löffel, als Tante Gerda die riesige silberne Servierplatte hereintrug.

Und dem erleichterten Aufatmen und dem Ausdruck bewundernder Gier, als sie sie absetzte. Mit Eiern verziert und von Essiggurken übersät, die durchsichtigen Tiefen von exotischen Fischen und winzigen juwelenbesetzten Gemüsen glitzernd, wackelte das gefeierte Gericht ganz sanft vor ihren Augen: Flußneunaugen in Aspik! O ja – die Pfischingers hatten getreulich an sie gedacht.

Als die kleinste Nichte erwachsen und meine Mutter geworden war, schloß sie ihre Geschichte am liebsten an dieser Stelle. Aber ich bekniete sie jedes Mal, noch ein bißchen fortzufahren. Bis zu dem Tag nach Weihnachten. Zum Haus der Pfischingers am anderen Ende von Wien. Zu Herrn Doktor Pfischinger, einem kleinen, kahlen, milde gestimmten Mann, der die Treppe zu seinem Badezimmer emporsteigt. Er hält ein Messer mit langer Klinge in der Hand, einen Hammer, eine *Donnerbüchse* …

GIUSEPPE GIRONDA
Die Nacht der Torroni

Jedes Jahr in der ersten Dezemberwoche wacht Don Benedetto, ein leidenschaftlicher Feinschmecker und stadtbekannter Vielfraß, plötzlich eines Nachts mit einem unstillbaren Appetit auf Torrone, das berühmte süditalienische Nougatkonfekt, auf. Er dreht sich zu seiner Frau um und fragt: »Enrichetta, sind die Torroni schon da?«

»Was hast du gesagt?« stöhnt sie, noch im Halbschlaf.

»Ich hab dich gefragt, ob die Torroni schon da sind.«

»Nein, wir müssen sie erst bestellen.«

»Worauf warten wir noch?« fragt Don Benedetto.

Seine Frau, inzwischen hellwach, sagt: »Aber Schatz, es sind doch noch mehr als zwanzig Tage bis Weihnachten ...«

»Aber du weißt doch, daß ich meine Torroni immer schon vor der neuntägigen Andacht der Unbefleckten Empfängnis essen möchte ...!«

Don Benedetto streckt den Arm unter der Bettdecke hervor und greift in Richtung Nachttisch. Dort hat seine Haushälterin gestern abend, wie jeden Abend, ein Gläschen Marsala und ein Tablett hingestellt. Auf dem Tablett sind belegte Brote – eins mit Büffelkäse, eins mit Wurst, eins mit Sardellen – und Plätzchen aus Mürbeteig. Jede Nacht wacht Don Benedetto ein- oder zweimal unweigerlich auf (besonders heftig ist sein Erwachen, wenn er gerade von einer Speise geträumt hat, von der er tagsüber nichts oder zuwenig bekommen hatte), macht das Licht an, setzt sich auf, schlürft seinen Marsala und nimmt etwas vom Tablett, je nachdem, wonach sein Magen gerade verlangt. An diesem Morgen, einem der ersten im Dezember, greift er zum Tablett, das wieder einmal ziemlich leer ist, und tröstet sich mit einem hellen und zerbrechlichen Mürbeteigplätzchen über die traurige Tatsache hinweg, daß es noch keine Torroni gibt.

»Schau, Enrichetta«, jammert er, »statt dieser gewöhnlichen Kekse hätte ich heute morgen schon ein dunkelbraunes ›Torrone torrefatto‹ kosten können ... oder vielleicht eher ein helles ›all'alchermes‹...«

Und während er sein Mürbeteigplätzchen zum Mund führt, beschließt Don Benedetto: »Wir müssen noch heute an Donna Saveria schreiben und bestellen.«

Donna Saveria ist Erbin und Besitzerin der »Altehrwürdigen und Preisgekrönten Torronifabrik Vincenzo Placanica und Sohn«, mit Haus, Geschäft und kleiner Fabrik in der Provinz Reggio Calabria, einem Land, das auf drei Seiten von Gärten mit Zitrusfrüchten umgeben und dessen vierte Seite zum leuchtenden Blau der Meerenge von Messina hin offen ist. Von einem Platz in einem Orte dieser Provinz aus – einem Platz, der vor mehr als hundert Jahren »König-Karls-Platz« hieß, dann nach dem König Vittorio getauft und vor etwa fünfzehn Jahren in »Platz der Rothemden« umbenannt wurde und jetzt – als Kompromiß – »Piazza Garibaldi« heißt –, von diesem historischen Platz aus hatten die Generationen der Familie Placanica vor allem im Dezember ganz Kalabrien mit ihren berühmten Spezialitäten beliefert.

Es waren die Zeiten, in denen die Kalabreser an den Feiertagen und an Weihnachten noch das alte, traditionelle Konfekt auf ihre festlich gedeckten Tische stellten: die kleinen »Ciccitelli«, die duftenden »Varchiglie«, die »Cullurielli« und »Nepitelle« am Weihnachtsabend, die mit Rum und Zimt gemachten »Tardilli« und die braunweiße, mit bunten Aniskörnchen bestäubte »Pignolata«.

All dieses Zuckergebäck wurde früher nicht nur gekauft, sondern in zahlreichen Haushalten auch selbst hergestellt, in den großen, üppig ausgestatteten Küchen, die man damals hatte, und zusammen mit vielen guten Wünschen an Freunde und Verwandte verschenkt. Das einzige Konfekt, das die Leute nicht selbst herstellten, waren die Torroni torrefatti und die Torroni all'alchermes (erstere schwarzbraun wie Mohrenköpfe, letztere weiß mit rosa Sprenkeln). Ihre Herstellung überließ man der Familie Placanica, die dieses Konfekt nach altem, streng geheimem Hausrezept ihres Stammvaters, eines Zuckerbäckers aus der Zeit König Ferdinands IV. und Hoflieferanten des Königshauses von Neapel, fertigten. Der Grund für dieses Monopol: Es gab keine andere Möglichkeit. Wo immer ehrgeizige Hobbyköche und passionierte Hausfrauen versucht hatten, diese beiden Konfektsorten selbst herzustellen, waren sie gescheitert. Nicht nur, daß ihre Erzeugnisse nicht mit denen der Familie Placanica identisch waren, sie erinnerten nicht einmal entfernt an deren feinen, exquisiten Geruch und Geschmack.

Daher hatten die Leute auf weitere Versuche, das Konfekt zu Hause zu machen, verzichtet und sich seit Generationen daran gewöhnt, es entweder bei der Familie Placanica im Laden zu kaufen oder in einem der Geschäfte, die ihre Erzeugnisse anboten, oder es schriftlich zu bestellen. Auf diese Weise waren Überleben und Wohlstand der Firma seit Jahrhunderten gesichert, und es schien, als würde das für immer so bleiben.

Aber eines Tages wurde alles anders: Etwa gegen Ende des Zweiten Weltkriegs sank die Nachfrage nach den Torroni, zuerst kaum merklich, aber dann immer stärker. Seit jener Zeit behauptete Donna Saveria, ihre Familie und ihre Firma (der sie inzwischen vorstand) seien einmal durch den Fortschritt und dann durch die nationale Einigung Italiens kaputtgemacht worden. Das ist (wie wir natürlich alle wissen, nicht wahr?!) eine absurde Behauptung, aber die arme Frau, die sich nicht mit der plötzlichen Veränderung ihres Schicksals abfinden konnte, blieb dabei. Sie sagt das, glaube ich, noch heute – und mit besonderem Ingrimm im Dezember, wenn Kalabrien und das ganze übrige Italien von der Zeitungs-, Rundfunk-, Fernseh- und Plakatwerbung der großen Süßwarenproduzenten des Nordens überschwemmt wird.

Wegen dieser massiven Werbung findet man seit dem Zweiten Weltkrieg in Italien immer weniger Weihnachtstische mit den traditionellen Süßwaren, den »Ciccitelli«, »Varchiglie«, »Nepitelle«, »Tardilli« und Torroni. Nicht umsonst heißt es, die Agrarreform, das Sondergesetz und die Kasse zur Förderung des italienischen Südens – diese Heiligen Drei Könige des 20. Jahrhunderts – hätten der Region Fortschritt, Wohlstand und den Anschluß an die moderne Zivilisation und den modernen Zeitgeist gebracht. So wollen die Bewohner Kalabriens heute auch im kulinarischen Bereich *up to date* sein. Und wenn sie schon auf moderne Tiefkühlkost umgestiegen sind, warum sollen sie dann an den alten, verstaubten Süßigkeiten festhalten, bloß weil ihre Großväter sie gern aßen?

An diesem Dezembertag – der Dezember war einst für die »Altehrwürdige und Preisgekrönte Torronifabrik« der hektischste und einträglichste Monat – steht Donna Saveria unbeschäftigt, die Hände in den Rocktaschen, hinter dem Ladentisch. Um die wenigen Bestellungen, die noch kommen – unter ihnen die Don Benedettos –, zu bearbeiten, brauchte sie nur ein bis zwei Tage. Zwischen ihr und der Straße steht die große Vitrine; sie glänzt in den Farben Rot, Gold, Silber und Blau, den Farben des Glanzpapiers, in das die ausgestellten Torroni eingeschlagen sind. Aber es scheint Donna Saveria, der Glanz dieser Farben wäre verblaßt, nur ein schwacher Abglanz dessen, was die Vitrine, der Laden und die kleine Fabrik hinter dem Laden in besseren Jahren einmal darstellten.

»Wie gehen die Geschäfte, Donna Saveria?« fragt einer der

wenigen Stammkunden, die hin und wieder doch etwas kaufen.

»Wie sollen sie schon gehen?« meint Donna Saveria und packt die von ihm gekauften Torroni ein. »Sie sehen doch – schlecht gehen sie!« Und dann, während sie ihm das Paket übergibt, starrt sie durch die Tür auf die Straße, wo ausgerechnet in diesem Augenblick jemand mit den blauen Schachteln einer großen norditalienischen Süßwarenfirma über den Platz geht, deren Produkte in der nahegelegenen Bar verkauft werden. Sie stöhnt: »Hundert Jahre nach der ersten Invasion kommt die zweite – diesmal sind es nicht die Rothemden, sondern die Panettoni und die Colombe[1]!«

Als die Torroni von Donna Saveria angekommen sind (eine Kiste voll, wie es auf der beiliegenden Rechnung heißt), fällt unser guter Don Benedetto trotz der langen Wartezeit nicht etwa gleich über sie her. Als raffinierter Feinschmecker, der er ist, läßt er Stunden, oft ganze Tage verstreichen, bis er das erste Stück probiert.

»Und?« fragt seine Frau. »Bist du jetzt zufrieden?«

Er antwortet nicht und tut, als wäre er nicht mehr so sehr an der Lieferung interessiert. Dabei kostet er in seinem Schweigen nur die Vorfreude aus – die Vorfreude auf den Moment, der perfekt sein wird, in dem er das erste Klümpchen Zucker im Mund zergehen lassen und den herrlichen Geschmack kosten wird.

Dieser Moment kommt für gewöhnlich nachts. Don Benedetto wacht auf, knipst die Nachttischlampe an und sieht die herrlichen Torroni neben sich liegen. In ihrem silbernen, roten, goldenen und blauen Glanzpapier leuchten sie in seinen Augen wie kostbare, unwirkliche Edelsteine. Welche Sorte soll er als erste nehmen – einen braunen Torrone torrefatto oder

1 Weihnachtlicher bzw. österlicher Hefekuchen aus Norditalien.

einen weißen Torrone all'alchermes? Er streckt die Hand aus und zögert einen Moment lang unentschieden, dann beschließt er, die Entscheidung dem Zufall zu überlassen und nimmt das erste beste Stück, das er zu fassen bekommt. Er wikkelt es vorsichtig aus (wie eine Frau eine Schachtel mit einem Schmuckstück auspacken würde) und führt es zärtlich an die Lippen.

Eine halbe Stunde später ist von den fünf bis sechs Torroni auf seinem Nachttisch keiner mehr übrig, und auch das Glas Marsala ist leer. Nun läßt Don Benedetto seine üppige Gestalt wieder unter die Bettdecke gleiten und schläft, von Kopf bis Fuß von der schweren, duftenden Süße des Konfekts erfüllt, glücklich ein – mit einem stillen Dank an Donna Saveria und alle gegenwärtigen und früheren Generationen der Familie Placanica bis zurück zu ihrem Stammvater, dem Zuckerbäcker zur Zeit Ferdinands IV. und Hoflieferanten des Königshauses von Neapel, und an den lieben Herrgott, der es so gefügt hat, daß er – Don Benedetto – einer der wenigen Menschen ist, die noch die Süßigkeiten und die Annehmlichkeiten der guten alten Zeit zu schätzen wissen.

TANJA DÜCKERS

Der Schokoladenbrunnen

Unsere Weihnachtsvorbereitungen waren bisher alles andere als harmonisch verlaufen. Mein Vater wollte Heiligabend Gans essen. Meine Mutter wollte erst am 1. Weihnachtstag Gans essen. Meine Schwester wollte nicht mit der Gans bis zum 1. Weihnachtstag warten, weil sie gar nicht vorhatte, diesen mit uns zu verbringen. Ich als Vegetarierin war nicht scharf auf die Gans, egal an welchem Abend. Unser Hund wiederum wollte die Gans sofort essen.

»Also gut, was auch immer es zu essen geben wird, treffen wir uns erst mal um 18 Uhr zur Bescherung«, beendete meine Mutter die nervenaufreibende Diskussion. »Beim Schokoladenbrunnen«, ergänzte ich. »Was? Das blöde Ding willst du auch noch Weihnachten anwerfen? Sind wir bei der Eröffnung einer Bank-Filiale oder was?«, rief meine punkige Schwester. Ich schwieg beleidigt. Schon wenn man gern Schokolade aß, war man in ihren Augen ein Spießer. Gemütlichkeit lehnte sie rundweg ab – ich hingegen zelebrierte sie. Unterschiedlicher konnten Zwillingsschwestern kaum sein.

»Diesen Brunnen finde ich komisch an Weihnachten«, meinte nun auch mein Vater, »reichen nicht Zimt- und Dominosteine?« Doch Benno kläffte zustimmend – in warme Schokolade getauchte Obststückchen waren ganz nach seinem Geschmack. Chris, meine Schwester, zog eine verächtliche Grimasse: »Ihr Leckermäulchen.« »Es ist Weihnachten, warum soll sie dann nicht ihren geliebten Schokoladenbrunnen aufbauen, der plätschert doch so nett«, legte meine Mutter ein Wort für mich ein.

3:2 für mich.

Während meine Mutter mit der Gans kämpfte, mein Vater den Christbaum schmückte und Chris mit ihrem neuen Freund telefonierte, widmete ich mich der Inbetriebnahme des Schokoladenbrunnens – keine Sache von fünf Minuten: Von Blockschokolade raspeln über Palmöl erwärmen bis hin zu jede Menge Obst in kleine Stückchen schneiden und in Schalen füllen, gibt es einiges zu tun. Ein absolut wackelfreier Platz mit nahe gelegener Steckdose muss auch gefunden werden, wobei darauf zu achten ist, dass niemand übers Stromkabel stolpern kann. Die Folgen mag man sich nicht ausmalen.

Während ich mich voller Hingabe dem Schokoladenbrunnen widmete, hörte ich von draußen Kirchenglocken und Stimmengewirr auf der Straße. Kinder kreischten, freuten sich oder quengelten, Erwachsene stöhnten, mahnten oder quengelten ihrerseits. Einmal raste die Feuerwehr an unserem Haus vorbei, dann zischte eine einzelne giftgrüne Silvesterrakete vor unserem Fenster in die Höhe, um sich langsam in Gold und Rot über den Abendhimmel zu ergießen. Aus der Nachbarwohnung klang klassische Musik, von gegenüber der Benefizsong »Do they know it's Christmas time? Feed the world ...«. »With chocolate«, ergänzte ich im Geist.

Nun standen meine Eltern in ihren Wintermänteln in der Tür und wollten in die Kirche gehen. Weder Chris noch ich kamen mit, was sicherlich nicht nett für sie an Heiligabend war. Aber ich war noch schwer mit Schokolade-Raspeln beschäftigt, und Chris redete immer noch wild auf den armen Kerl ein, der so verrückt war, sich auf sie eingelassen zu haben. Wenigstens wieselte Benno mit ihnen mit.

Zwei Stunden später trudelten sie wieder ein.

»Ich finde, der Pfahlbusch hat das diesmal ganz schön gemacht ...«, hörte ich meine Mutter. »Ach, der Katastrophalbusch?«, fragte Chris. Das war offenbar ihr neuer Name für Pfarrer Pfahlbusch, der ebenso senil wie einfältig war. Ich bog mich vor Lachen – aber die Züge meines Vaters vereisten. Der

Abend entwickelte sich ja prächtig. »Essen wir jetzt? Das Christkind ist am Verhungern!« Meine Schwester deutete mit Leidensmine auf ihren nicht vorhandenen Bauch. Auch Benno kläffte erwartungsvoll.

»Christina – wir singen wenigstens vorher drei Lieder – einfach nur ›Hoppla, wo bleibt das Essen?‹, das passt mir nicht, es ist schließlich Weihnachten.«

»Aaalso gut, singen wir ...« Chris verdrehte die Augen. Das gab meiner Mutter den Rest. Sie schmiss ihren Mantel auf den Boden und schrie: »Deine materialistische Art finde ich einfach widerlich! Fressen und Geschenke! Und du spielst dich als Globalisierungskritikerin und sonst was auf! Ist dir bestimmt zu uncool, einmal im Jahr mit deinen Eltern drei Lieder zu singen, nicht wahr?«

»Warum geht es Weihnachten verdammt noch mal immer nur nach deiner Nase? Und warum definierst nur du, was materialistisch ist, warum glaubst du eigentlich immer, moralisch im Recht zu sein?« Meine Schwester stand mit verschränkten Armen vor unserer Mutter. »Das ist keine Atmosphäre, um gemeinsam zu singen«, flüsterte mein Vater und sank auf seinen Platz am Tisch. Während des Essens hoben meine Eltern ihre Blicke nicht von den Tellern. Ich fragte meine Schwester über ihren neuen Lover aus, aber Chris war so wortkarg, dass ich schließlich mit Bennos Stirnfransen spielte.

Als mein Vater schweigend die Teller abräumte, sah ich meine Stunde gekommen. »Jetzt können wir ja zum Nachtisch übergehen!« Da grinste die Runde schwach amüsiert. Es war klar, jeder war stocksauer, wollte den Abend nur noch rumkriegen. Allen fehlte aber offensichtlich der Elan, sich gegen meinen Wunsch zu wehren. Bald hielten wir Apfel-, Bananen- und Apfelsinenstücke unter die tropfenden Brunnenschalen.

»Sehr gesund ist das ja nicht«, meinte meine Mutter spitz.

»Hmm, ist das guuut!«, gab Chris sofort zurück.

»Da muss man aber aufpassen!« Mein Vater wischte an seinem Hemdärmel herum.

Wer sich einem Schokoladenbrunnen im weißen Hemd nähert, ist selber schuld, lag mir auf der Zunge.

»Was'n das für'n Knopf?«, fragte Chris – und gab damit dem Abend ohne es zu ahnen die entscheidende Wende.

»Damit kann man verschiedene Stufen einstellen«, gab ich zurück.

»Wie, verschiedene Stufen?«

»Na, der Brunnen kann die Schokolade unterschiedlich schnell herunterrinnen lassen. Wir haben jetzt Level 1, du kannst aber auch eine Stufe höher stellen, dann gluckst es richtig ...«

Chris streckte ihre Hand aus – und was dann genau passierte, wird niemand mehr rekonstruieren können. Der Schokoladenbrunnen machte ein Geräusch, als wäre er ein startender Rennwagen, dann hoben sich plötzlich die Schalen, und die ganze Schokoladenmasse flog mit einem lauten, pfeifenden Ton in drei horizontalen Bahnen – entsprechend der Höhe der obersten Schale, der mittleren und der untersten – quer durchs Zimmer, über unsere Gesichter, über Gemälde und Fotografien, über die Seidenvorhänge, über die geöffnete Vitrine mit dem Porzellan, über das Klavier, über Türen und Fenster, den Fernseher, die Stereo-Anlage, die Stehlampe – einmal rundherum.

»Stanzi! Stell das Ding ab! Mach das Ding aus! Ogottogott, Hilfe!«

Die Schokolade hatte sich mittlerweile überhitzt, heiße Streifen schlugen in unsere Gesichter, es tat richtig weh. Chris zog jetzt geistesgegenwärtig den Stecker. Auf diese schlichte Idee war ich in meiner Schreckstarre nicht gekommen. Langsam senkten sich die abgespreizten Schalen, dann gab es ein Geräusch, wie wenn man mit Gummistiefeln durchs Wattenmeer läuft: Ein lautes schmatzendes Blubb drang aus den unergründlichen Tiefen des Schokoladenvulkans.

Wir saßen eine Weile lang nur still da, mit unseren besudelten Gesichtern.

»Stanzi ... wie konnte das passieren?«, fragte meine Mutter, dabei wischte sie sich mit ihrer Serviette Schokolade vom Gesicht. Mein Vater nahm ihr die Serviette aus der Hand, tupfte ihr Gesicht sanft ab.

Ich zuckte kraftlos die Schultern. »Keine Ahnung ...«

»Tolles Ding«, meinte Chris verächtlich. In ihrem blond gefärbten Strubbelhaar klaffte ein dunkler Schokoladenkrater. Warum machten die Punks nicht daraus eine Mode? Ich nahm ihre Serviette und tupfte sie ab. Danach wurde ich abgetupft.

»Also ... am besten fangen wir ... dann mal ... an«, stammelte mein Vater. Meine Mutter ging ins Bad und kam mit vier quietschbunten Schwämmen zurück. »O du fröhliche, o du selige, Gnaden bringende Weihnachtszeit ...« knisterte aus unserem Uralt-Radio. Wir machten uns an die Arbeit, krabbelten unter und über die Möbel, stolperten übereinander und hörten eine schreckliche Weihnachtslied-Schlagerversion im Radio nach der anderen. Zum ersten Mal fand ich es richtig gemütlich in dem immer etwas aseptisch wirkenden Wohnzimmer meiner Eltern. Wo man auch hinguckte, es fanden sich immer noch Schokoladenspritzer. Irgendwann rief mein Vater erschöpft: »Hört mal, wir müssen langsam einen Punkt machen! Ein bisschen Schokolade hier und da, das verträgt das Wohnzimmer schon. Ich bin todmüde.«

Chris und ich ließen uns auf das nächste Sofa plumpsen; es war sagenhaft spät. Unsere Nachbarn schienen alle seit Stunden zu schlafen.

»Wollt ihr nicht heute Nacht hier bleiben, es dämmert ja schon«, bot mein Vater an, meine Mutter hatte sich mit halb geschlossenen Augen an ihn geschmiegt, als hätten sie sich heute gar nicht angegiftet. Chris und ich nickten simultan. Wir beide hatten seit unserem Auszug nicht mehr hier geschlafen, schon gar nicht mitten im heiligen Wohnzimmer, aber es war klar, dass es keine andere Möglichkeit gab; unsere Kinderzimmer waren längst zu Büro- und Archivräumen umgestaltet worden. Wir grinsten uns an. Ich tätschelte Benno, der eine ganz braune Zunge hatte.

Unsere Mutter kam mit Bettzeug, und mir entging nicht, dass ihr versonnener Blick nicht nur Chris und mir galt, sondern auch dem riesigen, dunklen, von heruntergebrannten bläulich flackernden Kerzen immer noch majestätisch beleuchteten, defekten Schokoladenbrunnen.

QUELLENVERZEICHNIS

Vicki Baum
Der Weihnachtskarpfen, S. 88
Aus: Vicki Baum, Der Weihnachtskarpfen. Erzählungen. © 1993 by Verlag Kiepenheuer & Witsch GmbH & Co. KG, Köln.

Wolfgang Brenner
Vegetarische Weihnachten, S. 32
Aus: Wolfgang Brenner/Waldemar Thomas, Vegetarische Weihnachten. Eine Gänsegeschichte mit fünf fleischlosen Festmenüs. Illustriert von Klaus Puth. © Piper Verlag GmbH, München 2005. (Eine Neuauflage des Titels ist 2012 im Piper Verlag geplant.)

Tanja Dückers
Der Schokoladenbrunnen, S. 132
Aus: Literatur-Quickie, Nr. 9, Probsthayn & Gerlach, Hamburg 2010. © Tanja Dückers. Abdruck mit freundlicher Genehmigung der Autorin.

Giuseppe Gironda
Die Nacht der Torroni, S. 126
Aus: Die Weihnachtshexe. Weihnachtliche Geschichten aus Italien. Herausgegeben und übersetzt von Tilmann Kleinau. © Deutscher Taschenbuch Verlag, München 1995.

Franz Hohler
Das Marzipanschwein, S. 73
Aus: Franz Hohler, Das Kabarettbuch. Luchterhand Verlag, Darmstadt 1987. © Franz Hohler. Abdruck mit freundlicher Genehmigung des Autors.

Katja Huber
Fisch oder Freund?, S. 79
Aus: The Gold Collection. Neue Weihnachtsgeschichten. Ausgewählt von Karsten Kredel und Jörn Morisse. © Suhrkamp Verlag Frankfurt am Main 2007.

Eva Ibbotson
Der Große Karpfen Ferdinand, S. 110
Copyright © Eva Ibbotson Estates Ltd. Vermittelt durch Curtis Brown Group Ltd., London, und Anoukh Foerg Literarische Agentur, München. Aus dem Englischen von Annette Meyer-Prien.
Zitiert nach: Meine schönsten Weihnachtsgeschichten. Herausgegeben von Rosamunde Pilcher. Ullstein Buchverlage GmbH, Berlin 2006.

Sabine Ludwig
Gans in Not, S. 24
Aus: Warten auf Weihnachten. 24 Geschichten zum Heiligabend. Herausgegeben von Susanne Klein. Oetinger, Hamburg 2003. Abdruck mit freundlicher Genehmigung von Sabine Ludwig, Berlin.

Christine Nöstlinger
Diesmal: Languste oder Lachs?, S. 77
Aus: Christine Nöstlinger, Das Leben ist am schwersten zwei Tage vor dem Ersten. © 2005 Residenz Verlag im Niederösterreichischen Pressehaus Druck- und Verlagsgesellschaft mbH, St. Pölten – Salzburg.

Anna Peters
Ein Ferkel als Weihnachtsgeschenk, S. 74
Aus: Anna Peters, Weihnachtsgeschichten für 3 Minuten. © 2006 Arena Verlag GmbH, Würzburg.

Margret Rettich
Die Geschichte vom Weihnachtsbraten, S. 29
Aus: Margret Rettich. Wirklich wahre Weihnachtsgeschichten. © 2001 Verlag Carl Ueberreuther, Wien.

Shel Silverstein
Standpunkt, S. 72
Aus: Shel Silverstein, Wo der Gehweg endet. © Gertraud Middelhauve Verlag, München.

Arno Surminski
Der Fisch, S. 103
Aus: Arno Surminski, Die masurischen Könige. Weihnachtsgeschichten. © 1999 Ullstein Buchverlage GmbH, Berlin.

Friedrich Wolf
Die Weihnachtsgans Auguste, S. 13
Aus: Friedrich Wolf, Gesammelte Werke in sechzehn Bänden. Herausgegeben von Else Wolf und Walther Pollatschek. 1960-1968. Band 14: Märchen, Tiergeschichten und Fabeln. © Aufbau Verlag GmbH & Co. KG, Berlin 1961. (Dieser Band erschien erstmals 1961 im Aufbau-Verlag: Aufbau ist eine Marke der Aufbau Verlag GmbH & Co. KG.)

Predigt des ehrwürdigen Pfarrers Junghans aus dem Jahre 1644, S. 9
Aus: Zauberreiche Weihnacht. Herausgegeben von Heidi Caroline Ebertshäuser. Verlag Heinrich Hugendubel, München 1977.